好好生活

新时代生活认知升级指南

富书 著

百花洲文艺出版社
BAIHUAZHOU LITERATURE AND ART PRESS

图书在版编目（CIP）数据

好好生活 ：新时代生活认知升级指南 / 富书著. —
南昌 ：百花洲文艺出版社，2018.11
ISBN 978-7-5500-3072-5

Ⅰ. ①好… Ⅱ. ①富… Ⅲ. ①随笔—作品集—中国—
当代 Ⅳ. ①I267.1

中国版本图书馆 CIP 数据核字（2018）第 240426 号

好好生活：新时代生活认知升级指南

富　书　著

出 版 人	姚雪雪
责任编辑	袁　蓉
封面设计	木　木
出版发行	百花洲文艺出版社
社　　址	南昌市红谷滩新区世贸路 898 博能中心一期 A 座 20 楼
邮　　编	330038
经　　销	全国新华书店
印　　刷	三河市金元印装有限公司
开　　本	880mm×1230mm　1/32
印　　张	8.75
版　　次	2018 年 11 月第 1 版第 1 次印刷
字　　数	188 千字
书　　号	ISBN 978-7-5500-3072-5
定　　价	39.80 元

赣版权登字 05-2018-434

邮购联系　0791-86895108
网　　址　http://www.bhzwy.com
图书若有印装错误，影响阅读，可向承印厂联系调换。

preface

序

很荣幸被邀请为本书作序。

我的身上有很多标签，不过最被人熟知的是“逻辑”。只要是跟人讲道理的时候，我都有一个毛病，喜欢把“为什么是这样”，以及“为什么必须是这样”的底层逻辑给人家捋一遍，这算是个好为人师的毛病。但所谓“教是最好的学”，且确实认为自己分享的是有价值的内容，所以也就干脆不怎么改了。由于太过理性，我的说话风格也常被称为“性冷淡风”。

近两年，每个人都在追求干货。什么是干货？人们有各种各样的答案，比如好的方法论、好的观点、没有废话的内容等，其实都不太全面。我把“凡是能让你的注意力有较大的使用效用”的叫做干货。所以，干货这个东西因人而异，对A来说没有废话，不代表对B来说没有废话；对A来说是干货，对B来说可能只是鸡汤。

是的，我提到了鸡汤，很多人非常反感，尤其是每天接触海量信息的年轻人。有没有想过为什么会这样？因为鸡汤尤其是低层次的鸡汤太易得了，导致市面上鸡汤泛滥——人人都能扯上几句，却没人知道为什么必须得这么做。

不知道为什么必须要这么做，很多人就不会去做，自然就改变不了现状，鸡汤也就显得更无用了，于是嘲讽之声不绝于耳。

前些年我碰到一个人，他从小地方出来，非常单纯，接触信息也不多。他看到那些指导人生的结论性的语句，惊呆了，觉得真是有道理，很像许多人N年前第一次看到鸡汤时一样，觉得那真是宝贝，句句都是人生真谛啊。于是，他就把好的内容认真地摘抄下来。

大部分人到了这一步也就结束了，不过他是真的信，真的拿去实践。他不仅把那些句子带在身边，甚至把一部分剪下来贴在自己每天每时每刻都能瞟到的地方。

不知是偶然还是必然，现在他真的成了一个比大部分人都优秀的人，也是很多人眼里的大咖。

为什么这个盲目行动的人最后收获了好的结果？而很多比他“见识”更多的人却反而在“怀疑、犹豫、鄙视、嘲讽”中一事无成？因为后者有一个现代年轻人的通病——泛见识多，深见识少。因为泛见识多，所以对知识品质的要求变高了。但由于信息实在太多，停留在每个知识点上的时间变少，就普遍会产生投入到思考上的时间和深度不足的问题，最终导致在对底层逻辑的推演能力上有很大欠缺，于是就会出现“没见过世面而真心认为这些道理正确并践行的人成功了，见过很多世面从而对这些道理不屑一顾导致无法引发行动的人却一事无成”的现象。

有人说，只有傻子和真正的聪明人才能成功。虽然不严谨，但就是这个意思。可惜的是，我们中的大部分，两者都不是。

本书是一本励志书籍，我已提前翻阅了一遍，三观很正，结论也很正。这个世界是一个从0到1的概率世界，不存在做好了A就百分之百会有B结果产生。但从另一个角度来讲，每件事情都可能是影响人生轨迹的因子，将任意一件事做得好那么一点点，都有可能得到某一个重要机会，从而在马太效应之下让整个人生轨迹发生翻天覆地的变化。

我们都能掌控自己的命运，这并不是一句空话，我相信本书的很多观点对处于徘徊、迷茫期的年轻人都能起到强心剂的作用。同时，书中的内容配了大量的案例作为解释说明，让读者可以顺畅地一口气读完。看得出来，富兰克林读书俱乐部在选择内容的时候下了很大的功夫。

如果你是年轻人，你很幸运，在你年轻的时候就能读到这些道理；如果你是长者，我相信读完后也一定会对自己过往的人生轨迹有一些触动和反思。

给生命一些正向的激励，这就是本书的意义。

蔡垒磊
2018年10月

目录

第一章

低配，正在毁掉你的人生

低配看似一种放任自流式的轻松惬意，其实就是一种逃避，逃避辛苦、逃避劳累、逃避压力、逃避竞技、逃避挑战、逃避奋斗，逃避一切使自己费力向上的追逐和攀登。

第二章

你的逆商，决定了你的人生高度

高逆商的人不仅在日常频繁出现的小麻烦中能够应对自如，在遇到人生中的大困境时，依然能够保持冷静，怀揣希望。

第三章

你的自律终会让人望尘莫及

顶级的自律，并不是在短期内野蛮生长，而是在长期内计划合理，作息规律，让你的成长适度、从容、可持续。

第四章

远离你身边低层次的圈子

层次的高低，不是由社会阶层和金钱来决定的，而是取决于内心有没有底气，它跟一个人的阅历、格局和内心的丰盈息息相关。

第五章

聪明的人只过 1% 的生活

不幸福感不是因为我们拥有的不够多,而是因为我们拥有的太多,是时候给自己的生活做减法了，清除那些无用的杂物，我们会发现自己身心愉悦，身轻如燕。

第六章

你的善良里藏着你的贵人

爱出者爱返，福往者福还，善良终会回到你身边，而你的善良里一定藏着你的"贵人"，等你陷入困境时，也总会有人善良地对待你，让你度过"险境"。

第七章

请活出热爱生活的脸

美好的生活需要自己去填满，除了一直追求的光滑皮肤，也该有充沛的精力和强大到坚不可摧的内心，做真实而体面的自己。

Part 1

第一章

低配，正在毁掉你的人生

低配看似一种放任自流式的轻松惬意，其实就是一种逃避，逃避辛苦、逃避劳累、逃避压力、逃避竞技、逃避挑战、逃避奋斗，逃避一切使自己费力向上的追逐和攀登。

你现在偷的每一个懒，都是给未来挖的坑

文 / 林子树

01

2017年的夏天，吴京带着《战狼2》火了。

有很多人觉得他之所以火是因为运气和机遇，但为什么这个世界上那么多人，火的偏偏是他？

我曾看过一篇写《战狼2》背后故事的文章，看完后觉得：如果吴京不火，那么天理难容。

《战狼2》的一个跳水动作，吴京一共跳了26次，最终他体力不支被救生员救回来；

片头6分钟的水下戏，他拍了半个月，演员们每天在水里的时间超过10个小时。

一般三四个月就可以拍完的电影，剧组上千人硬是顶着艰苦的条件，在非洲耗了10个月。

这种玩命的努力，才造就了这部军旅传奇大作。

有人问吴京《战狼2》为什么会这么成功，他说：

你听过子弹从耳边穿过的声音吗？

我听过；

你知道坦克从你身上过去是什么感觉吗？

我感觉过。

当一个人为梦想而疯狂，他就没有理由不成功，因为勤奋地付出，他一定会得到这个世界最高的奖赏。

电影《闻香识女人》有一句经典台词：如今我走到人生的十字路口，我知道哪条路是对的，毫无例外，我都知道。

但我从不走，为什么？

因为太苦了。

其实，每个人都知道自己想要什么，都知道通过何种方式去得到自己想要的东西。

但我们最后大部分人都失败了，原因就是我们受不了这个过程的苦。

韩寒说：听过很多道理，依然过不好这一生。

表述的就是这个意思，**因为贪图偷懒享受，我们错过了很多改变命运的机会。**

努力的时候选择偷懒才是一个人最愚蠢的表现。

02

第二季《超级演说家》总冠军刘媛媛从山村考到北大。

一路跌跌撞撞杀到《超级演说家》的冠军，在这个过程中，她付出了别人难以想象的努力。

面对大家的赞美，刘媛媛说：你要相信命运给你一个比别人低的起点，是希望你用一生去奋斗出一个绝地反击的故事，而不是原地踏步，贪图享受。

在节目中，连一贯犀利冷静的乐嘉也被她的演讲深深触动，他说：

不管今天的结果如何，你成功做到了让很多人后悔，在你身上有无限的潜能。

经济学中有一个懒马效应：有两匹马各拉一货车为主人送货，一匹马走得快，另一匹马则走得很慢。

于是，为了赶路的主人只好把后面的货全搬到前面。

后面的马开心地笑了，它在心里暗暗地说：前面这匹马真傻，连“越努力越遭罪”这个最基本的道理都不懂。

到达目的地后，主人想：既然一匹马就能拉车，干吗养两匹？

最后懒马被宰掉吃了。

生活中有很多这样的人，他们有自以为是的聪明，做事情投机取巧，以为自己赚了便宜。

但殊不知他为自己的未来挖了一个大坑，一旦陷进去就再也无法逃脱。

03

你和我以及身边的年轻人都有一个心比天高的梦想：

希望有一天，自己什么都不做就可以飞黄腾达。

我们从来不考虑付出，一直都在偷懒，日子也是得过且过，电视剧《士兵突击》里有一句话：想到和得到中间还有做到。

我不否认，这是一个求快的时代，每个人都想不费吹灰之力实现自己的梦想。

当遇到挫折时，不是想办法解决，而是用阿Q式的精神胜利法自我安慰。

当同龄人成功后，我们只看到了他们光鲜的外表，却看不到他们背后付出的努力。

当别人在奋力前进时，很多人却躺在床上酣然入睡。

有句俗话：昨夜做梦行万里，醒来一看在床上。

说的大概就是这些人，天天跟别人描绘自己宏伟的梦想，但却一直在原地踏步。

因为吃不了苦，所以他们很难坚持，因为想偷懒享受，所以他们总能为自己找来千万个不坚持的理由。

如果你不为梦想努力付出，一直想偷懒享受，那么一定会得到这个世界最狠的惩罚。

蔡康永说过：15 岁觉得游泳难，放弃游泳，到 18 岁遇到一个你喜欢的人约你去游泳，你只好说我不会耶。

18 岁觉得英文难，放弃英文，28 岁出现一个很棒但要会英文的工作，你只好说我不会耶。

这段话真实而深刻，的确如此，生活中有很多机会都是因为自己之前偷懒而错失了。

04

复旦大学原校长杨福家说：在信息更新迅速的现代，能拉开人和人之间差距的，不再是他掌握了多少知识，而是迅速吸收新知识的能力，偷懒享受只会让自己与别人之间的差距更大。

懒惰的人喜欢让自己待在舒适区，他们绝对不会因为梦想而让自己受苦。

每个人的一生都只有一次，我们完全有资格活成自己想要的样子。

但大多数人都是害怕失败不敢尝试，一个连失败都不曾拥有的人，又怎么配有成功呢？

青年作家李尚龙说：在北上广这样的大城市，搞垮一个人其实很简单。一个安静狭小的空间，一根网线，外加一个外卖电话就足够了。

如果你好好审视身边，就会发现一个现象：

凡是有所成就的人，都是特别勤奋的人，他们甚至连发呆的时间都在思考工作。

俗话说：少壮不努力，老大徒伤悲。

但试问到底有多少人能受得了头悬梁锥刺股的苦，又有多少人忍受得了凿壁借光的磨炼。

你为梦想的付出，总会得到回报，你走过的路受过的苦，总有一天会让自己大放光彩。

在生活中偷懒投机取巧的人总有一天会搬起石头砸自己的脚，趁着年轻你要多努力。

因为现在偷的每一个懒，都是给未来挖的坑。

你不努力的二十岁，就是你举步维艰的三十岁

文 / 麦芽余鱼

01

我刚上高中的时候给自己定下的目标是清华北大，再不济就是上海复旦，年少轻狂总觉得事情简单。

学习没有比别人多努力，该玩乐的时候照玩不误，测验考偶尔挤进班级前十名便沾沾自喜得不得了。

就这么得过且过地熬了三年，理想与现实的差距可想而知。

我虽考得不差，学校 211 在列，但却始终没能如自己所愿，进入曾心仪向往的学府。

刚进大学的时候还有些高中时期的雄心壮志，但突然发觉没有人监督，没有繁重的课业考核，没有扎实的课程安排，突然感觉身心轻松很多。

坚持了不到一周时间的晚自习，就变成了夜幕刚一降临便呼朋唤友的走街串巷。

早起背单词，周末泡图书馆的计划，也成了每天早上睡眼惺忪赶教室，到了周末市中心继续狂欢的悠哉节奏。

期末考试有老师提前圈出重点，挑个三五天背一背即可，寒暑假期只不过是从宿舍的床上转移到家里的沙发上罢了。

不可否认，大学前两年我过得很轻松，没有学业压力，也没有

钱财吃紧的情况，上课聊天下课聊剧，除了吃吃喝喝就是买买买。

到了第三年，课业变少，但周围很多人突然就忙碌起来了。

有的要考研，天还未明就不见了人，夜已很深才看见疲惫的身影背着重重的书包；有的要实习，除了上课时间几乎碰不着面；有的从喧闹的社团里退出，忙着考各种各样的证书。

而我，忽然就被剩下了。

考试挂科、英语四级遥遥无期，预想中的轻松并没有带给我多少快乐，反而是如洪流倾泻般的慌乱无措。

没有赶上的路，终要付出更多的时间和力气去弥补。

从那一年开始，我从未过得如此艰辛而煎熬，也从未过得那样忙碌而焦虑。

再也不敢一下课就宅在宿舍里刷电视，而是拿起英语四级的听力一点点艰难地辨认耳机里的只言片语；早上不到六点就起床，一个人跑到学校的湖边啃着生涩的专业生词；晚上顶着白炽灯，电脑上是挂科科目的讲解视频，在草纸上反复演算。

即使这样，还只来得及在毕业的时候成绩不至于太难看。

跑了不下几十场的校园招聘和社会招聘，比起旁人动辄四五页、七八页的履历介绍，我绞尽脑汁回顾自己整个大学，却连一整页都凑不齐。

英语四级，教师资格证，计算机二级证书，再勉强加上驾照，便是我全部的资本，也是我浑浑噩噩度过的四年大学。

02

当初的轻松悠闲，全部变作了今日的举步维艰。

我连个大型超市的销售员都竞争不上，因为一面二面同批竞争的大学生太多。

优秀的人甚至不用拿出简历，站在面试官面前侃侃而谈阅历，就能将我瞬间秒杀。

我从省会城市跑到二线城市，又从二线逃到三线，无忧无虑的读书时代彻底结束在毕业那一刻，身上的每一分钱都要掐着手指头算。

找不到工作，便寄宿在朋友那。

这期间，晚上在各大招聘网站勾勾画画，白天花费两三个小时辗转各地，早晚常常一个面包，中午一个菜加馍简单了事。

为了补足生活费，我开始在街道上发传单，在贴吧上发广告，帮培训班招生。

辛不辛苦，当然辛苦；累不累，十分累。

关键还常常被诓骗，活干完了，发工资的人不是推诿就是失踪。

那一年，我的生活算得上兵荒马乱，接连跑了四个城市才暂时安顿下来。在老家所在的省城，找了一个朝九晚六、一月休四的培训顾问工作。

尝试过了不努力便费力的日子，我再也不敢对生活掉以轻心。

除了白天上班，晚上还报了会计从业补习班。

考证那段日子正遇春寒，我经常凌晨三四点就起床，同屋租住的女孩还在熟睡，我就用手机微弱的薄光照明。

最后，短短一个月的时间，我从一个完全跨专业的门外汉变成了从业证书持有者。

并最终因为这个从业证书，我获得了进入金融单位的机会。而这一次，我终于赶上了。

不努力的二十岁，无可选择的三十岁。

站在年近三十的人生岔口，回头再看，曾以为的无忧无虑和轻松疏懒，不过是对于辛苦短暂的逃避而已。

以为逃过的艰辛和困难，并不会真的消失不见，而是会以更加凶猛的方式成为未来的拦路虎。

就像蔡康永说的那样，逃避了游泳便会失去接触喜欢之人的机会；逃避了英语，便会与想要的工作失之交臂。

越逃避，越失去，越没有选择的机会。

二十岁尚可反悔重新来过，三十岁再想折腾怕早已拖家带口。

机会也不是没有，但付出的代价只怕不再是简单的一人吃饱全家不愁，而是打断骨头连着筋的难舍难分。

03

我有一从小交好的女友，小学的时候成绩还在中游徘徊，到了初中便完全厌恶念书了。

理由是，数学几何太抽象，英语单词背不过，物理化学听不懂，她要辍学。

她的爸爸妈妈几次被老师叫来学校约谈，回到家里打也打了，骂也骂了，可无论如何她都不愿再踏进学校一步。

她的妈妈熟知我俩的关系，便让我充当说客，劝她复学。

周末放学，我去找她的时候，她正约一帮朋友在体育场里打羽毛球。

跳跃的身姿和靓丽的青春确实是绿茵上一道别样的风景，她可真美，在一群女孩子中间格外耀眼。

那时，我对上学的意义也了解得不甚清楚，只知道这是上大学唯一的方法，而大学就是美好生活的代名词。

我对她说，你得上大学。

她反问，我现在的生活既轻松又舒适，为什么还要那么辛苦地考大学。

后来，我便再也没在学校见过她，只听说她在亲戚的介绍下去了异地打工。

再一次见到，是在大学暑期，我回家时与她在路上巧遇。

如果不是她叫住我，我还真没认出来，眼前那个腰身粗圆、满脸憔悴的妇人会是她。

简单寒暄几句后，她突然喟叹一句，我可真羡慕你，可以去那么好的地方上大学。

原来，她当初并没有去打工，而是被爸妈念叨烦了，去了乡下姥姥家。

在那个小镇子里，没人管束，没人说教，日上三竿才起床，晚上通宵玩乐都可以。

就这么混了半年，父母不再接济，她便去了小姨的理发店打工，帮人洗头染发，每月领个三四百块零花钱。

这一待便是三年，她在理发店上班的时候认识了一个同样辍学打工的小伙子，年龄相当，情窦初开，便不管不顾地在一起了。

到了婚龄，两人结婚证一领，便在男方父母的支持下开了家小货铺。

货铺不足二十平方米，生意时好时坏。

男孩儿自从开了店，便不再外出务工，而是整天混迹在麻将馆里。

她一个人既要看顾家里，又要经营店铺，大大小小的事都要自己操心，日子是越过越不顺。

不到两年，便离了婚，住的房子和经营的铺子都是男方父母买的，离婚后她除了一身劳累什么也没得到。

如今，她已不好意思回父母家，只在外面租了个小房子，找了个商场导购的工作，辛苦自不必说，最让人感到无力的是，被生活牢牢困住后的身心疲惫。

04

年少时的不努力，全部变成了长大后的负担。

如果，她能早点儿看到自己成年后的样子，一定不会允许自己少年时过得那样轻松和容易。

你现在或许会很辛苦，要学习那么多课业，要掌握那么多技能，要考到那么多证书，要加班加点，要熬夜苦读；要像希腊神话里那个西西弗斯一样，一遍一遍地推着巨石艰难上路。

但是，那么多的努力，总归全部属于提升自己，学到的知识和技能，也一定会成为游戏中的加持神技，变成可以战胜四方、勇者无敌的战士。

蔡康永说：15 岁觉得游泳难，放弃游泳；到 18 岁遇到一个你喜欢的人约你去游泳，你只好说我不会耶。

18 岁觉得英文难，放弃英文，28 岁出现一个很棒但要会英文的工作，你只好说我不会耶。

人生前期越嫌麻烦，越懒得学，后来就越错过让你动心的人和事，错过新风景。

少壮不努力，老大徒伤悲，这句话很小时就听说过。

那时年少并不懂得其中的苍凉，尚觉得自己有无限的可能在精彩的未来，怎么会突然伤悲呢。

直到这些年在社会上摸爬滚打，撞得南墙都要倒塌才会深深领悟当时那句话的真意。

没有努力的现在，就没有可选择的未来。

我现在虽然工作稳定，吃穿不愁，但我依然很辛苦。

因为，每天除了上班之外，几乎所有空闲的时间都被我扎实利用起来，或是健身锻炼，或是阅读写字，或是专业证书再升级。

付出的时间和精力也常常让我抓狂，但收获的价值也令我欣喜雀跃。

锻炼的结果，是身材从肥胖降到微胖再降到标准。

每日笔耕不断，写出去的文字有些变成铅字印在杂志上，有的发布在网络平台上，赞赏和稿费时而有之。

充实的生活让每一天都在焕发光彩，这便是我的三十岁。

但它永不会是结束，而是一个又一个新的开始，虽然辛苦，但收获满满。

只要我目前所有的努力能够让我的四十岁、五十岁、六十岁，七十岁，能够感谢我的三十岁，那一切都是值得的。

低配，正在毁掉你的人生

文 / 麦芽余鱼

一、你只有足够努力，才能最高效率配置你的人生

“你记着，男演员 28 岁再混不出个名堂，你就洗洗睡吧。”

《乔家大院》的导演胡玫，对刚入行的张译说道。

那一年，在话剧团待了近 10 年，继而转行当影视演员的张译，已经 27 岁。

很多与他同龄的男演员就算没有大红大紫，也起码有一定的知名度，不愁戏约，但初入行又没人带的张译，却连个男 N 角都要自己费尽心思去争取。

家庭小康，父亲又是音乐老师，声音有一定特色的张译，从小就展现出播音的才能。16 岁开始两次报考北京广播学院（后为中国传媒大学），都赢得了专业第一名。

但第一次是没有参加高考而失之交臂，第二次是因为竞争对手是少数民族加分项而无奈落榜。

当时，浙江广播电视大学已经表明要招录，就连父母都劝他退而求其次，选择浙广播音系。

但一心向往更高发展的张译，并没有就此停下自己向前的脚步，去不了北京广播学院，就去了北京战友话剧团。初入剧团，没有经过专业表演学习的张译，在剧团里只能像个小透明一样默默

不起眼。

他做过场记、剧务、编剧，跑腿跑龙套更是家常便饭，为了提升自己，每一样，他只求尽全力做到最好。

《士兵突击》开拍，他写了3000字的自荐信，最终靠自己常年累积和历练来的专业演技，赢得了男三号，眼睛小、门牙龅、大饼脸，不符合大众审美观的他，因为“丑”被人记住，但依然没有引起多大水花。

那一年，他28岁，虽然有戏可接，但离混出名堂依然差了十万八千里，有人建议他直接转行，说他既没特色又长得不帅，根本吃不了演员这碗饭。

确实，如果不做演员，播音出色、饱读诗书又文采斐然的知乎大V，估计早已在自己擅长的领域如鱼得水，但张译的梦想远不止于此，比起用角色来演绎人生百态，只凭音色的播音太单薄了，他想要当演员。

不仅仅是流量型的偶像明星，而是可以用灵魂来体现生命的专业演员。

所以，就有了后来《北京爱情故事》里的石小猛，与孙俪搭戏的《辣妈正传》，《鸡毛飞上天》的白玉兰奖最佳男主角，大咖云集的《亲爱的》和《追凶者也》，以及在票房突破35亿的《红海行动》里，圈粉无数的蛟龙大队长。

他从未限定自己的戏路和角色，有的只是不断地突破、突破、再突破。

从龙套到名演，从平凡到不凡，张译用自己跌打滚爬的十几年，告诉了我们什么叫低开高走的“逆袭”，也告诉了我们如何将手中握着的牌，通过组合配置的方式，打出一个赢面。

二、低配的人生，最磨人

今年过年，刚过 27 岁的表妹就被催婚了。

上到亲戚朋友，下到街坊邻居，都成了姑姑姑父说媒介绍的重灾区。

休假中的表妹几乎每天不是去相亲的路上，就是在相亲的饭桌上。

表妹为此深感烦恼，但还是上班打卡一样，准时准点参加相亲饭局。

“既然不愿意相亲，不去就成了，父母再着急也不会逼你。”听着电话里表妹对于“相亲”一事的深深怨念和吐槽不断，我在电话里劝她。

表妹却叹气说：不去没办法，我在小私企上班，工作没保障，工资也没多少，发展前景更是渺茫，不能靠自己，就只能靠婚姻，而且老家这地方小，交友圈就那么大，我现在都快三十了，没多少退路可选了，不趁着正适龄挑挑选选，以后只能被别人挑挑拣拣。

听到这些话从表妹嘴里说出来，我很吃惊，因为她可是我们家族年轻一辈中堪称学霸级别的存在。

自小年级排名靠前，理科高考高分进入重点大学，虽然学的是生物工程，但又自学金融第二学位，怎么说将来也是前途无限，却没想到会一步步把自己走到退无可退的地步。

这都要从表妹大四实习那一年说起，姑姑姑父心疼女儿在外辛苦，便在老家找好了实习单位，是一家劳务派遣公司，表妹被分到一个金融单位的监控中心，一天三班倒。

工作简单，没有压力，日子在轻轻松松中变得懈怠和疏懒，吃饭休息，逛街购物，约友聚会，成了表妹每天的日常。

实习结束后，表妹回了学校，但临近毕业的她已经不适应人才市场汹涌人潮的激烈竞争，毕业证一到手，她又回了老家，随后便在亲戚的介绍下，进了当地一家民营小企业当会计。

毕业这四年，工作倒是没少换，只是换来换去，也仅是从这家小民企跳到另一家小民企，不是出纳就是会计。

工资到手也只够日常的吃喝玩乐，没多少存款的她如今还住在父母的房子里，正如她抱怨的那样，经济基础决定上层建筑，没有独立能力的她自然被父母管得死死的，也不得不在“不喜”中将就自己的人生。

所谓低配：是对自己低要求、低准则、低目标。

说起来是一种放任自流式的轻松惬意，其实就是一种逃避，逃避辛苦、逃避劳累、逃避压力、逃避竞技、逃避挑战、逃避奋斗，逃避一切使自己费力向上的追逐和攀登。

但逃避有用吗?

逃避无用，它只会让人在松懈中自我退化，继而对自己的人生无能为力。

日剧《暗金丑岛君》中有一句话：如果逃避眼前的现实，就越是逃，越会陷入痛苦的境地，我们要有面对困难的勇气，渡过这个困境的话，应该就能一点一点解决问题，晚了点，但还是依靠自己的力量前进吧，为了开始新的人生。

尼采说：“每一个不曾起舞的日子，都是对生命的辜负。”

我们生而为人，都有茁壮成长的本能，世事艰难，我们也依然可以步步成路。

既然逃避无用，我们更应该直接面对。只有磨利的刀锋才能披荆斩棘，但前提是，我们从不放弃对自己的磨炼。

就像骑行中的自行车，只要我们向前用力蹬，再长的斜坡我们也可以登顶而过。

所以，我们可以不过低配的人生，因为我们完全值得拥有更好的未来。

三、宁可高配版的努力，也不要低配版的屈就

罗薇和我同龄，就住在我家隔壁。

我通过招考回到老家金融系统上班的时候，她已经在家乡某个县区小镇当了两年的幼儿园老师。

见面相聚，我惊讶于她一个自小能说会道的人却变得木讷沉静。

谈起这些年的际遇，罗薇不免长吁短叹。

大学毕业后，教育专业的她本来在学校所在地的城市，应聘到了一家大型教育培训机构做助教，虽然起点低，但发展前途好，只是上班还未一周，就被家里的电话连环 CALL 叫了回来。

父母说，老家这边招幼教，以她的学历和专业，在老家这样的十八线小城镇做幼教，是高条件搭低配置，完全绰绰有余。

本来不愿屈就的罗薇耐不住父母的软磨硬泡，辞了助教的工作回了老家，名校毕业又专业能力拔尖的她，很轻松过了笔试和面试。

只是，选择了低配版生活的她，却并没有感觉到低配带来的轻松惬意，反而是越来越强烈的迷茫和焦虑，让她日渐寝食难安。

当时，背景关系一般的罗薇一经录用，就被分配到离县区三个小时车程的偏远乡镇，地理位置偏僻，基础设施简陋，工作内容重复简单，教学任务更是少之又少。

每天定时定点的朝九晚五，熟悉到张口就来的教学内容，还没有过多的业绩考评和培训安排，让这里的环境氛围就像一锅温吞吞的水，波澜不起却死气沉沉。

做了两年幼教的罗薇说：这两年近七百多天的时间，工作没起色，能力在消退，除了迫人的年纪，竟没有一天感到自己在向前走。

时代在进步，而她却在逆流而下，那次会面后，罗薇给自己定制了周密的学习计划，她想去市区做高校老师。

周围很多人说她痴人说梦，连父母都劝她别瞎折腾，市区高校，高职高薪，人才辈出且竞争激烈，如此高的条件，她去了也是陪跑。

为此，罗薇并没有多做解释，而是废寝忘食地投入到学习中，她并没有想着能一步登天，但她相信天道酬勤，定能步步高升，努力一年的结果是，她考上了一所师范类大学的研究生。

然后，在家人质疑的目光下，带着工作两年积攒下的学费，踏上了求学的列车。

此后，她的消息经常传来，攻读汉语言文学专业的她一边念着研究生，一边兼职本科辅导员，更是遇到了自己的人生伴侣，与她在同市区念书的医科大研究生。

毕业后，她被市区一所重点高中招录，做语文老师，如今，有两个可爱孩子的她，在工作之余还保持着继续学习的习惯。

她的目标是考博，虽然结婚生子后家务缠身，但她觉得：人生如逆流，不进则退。

作家雾满拦江在《我不过低配的人生》中说："人生最大的壁垒，是在自己的脑子里，因为我们给自己强加设限，才让我们自己裹足不前。"

我们大多数人生来一般，又恐自身条件有限，在人生道路的选择上，难免底气不足。

对着高榄枝望洋兴叹，然后放低身价和姿态，匆匆进入一段低配生活，我们想着，如此"比下有余"，未来一定无虞，但结果却是：我们在步步后退中，越来越无路可退。

因为，**低配意味着低效率，本来可以尽力做到的事，却只愿使出一半的力，本来可以做到更好的事，却在低水平下做得马马虎虎。**

你以为你是赚了，实际上你是赔了。

赔上自己的青春与年华，赔上自己的精力与时间，赔上自己的上进和努力，在得过且过中把原本可能优秀的人生，日渐消磨成碌碌无为。

生活本就没有高低贵贱，但我们有选择向上拼搏和向下蹉跎的能力。

我们不能过高估视自己以免处处碰壁，但我们更不能过低自我评估把路高开低走。

过高仰望起码是向上前进，过低评估就只能越走越下。

在我们尚有选择权限的时候，我们一定要认清自己的能力，找到自己人生的方向，为自己努力出更广阔的人生。

一是足够了解自己。

一个人只有在彻底熟悉自己的基础上，才会对自己的人生走向做出合理的判断。

二是尽可能多地去尝试。

试错是最快辨别方向和成果的途径，而快速行动会让试错成为成功的捷径。

三是学到融会贯通。

学习是永不下线的助力加持，我们的格局、视野、思维和方法都是通过学习而来。

美罗·勃朗宁说：“人应该进行超越能力的攀登，否则天空存在又有何意义。”

我们的人生配置，其实就像搭积木，积木大小形状各异，看起来杂乱无章，但其实只要找对合理配置的方法，就能层层垒放，节节攀高。

没有人愿意走下坡路，只是害怕向上攀爬的艰辛，可早已长大成人的我们，前有老后有小，已无向后的退路，我们只有努力向上，为自己积攒更多的筹码，才能更好地生存在这世上。

我们每个人都有一双隐形的翅膀，我们没有理由拒绝飞翔。

人生没有退路，只有向前的路。

没有危机感，就是你最大的危机

文 / 蒋小志

01

哈佛商学院教授理查德·帕斯卡尔曾说过：“没有危机感，就是你面临着的最大危机。”

没有了危机感，所以你才会身处危机当中。

尤其是那些容易让人享受沉迷的东西，背后很可能隐藏着巨大危机。

我们只有让自己时刻保持危机感，才能在面对未知事物时带给自己更多的安全感。

危机感也给我们带来防患于未然的警示，只有提前做好准备，才能在危机来临时从容应对。

2010 年，玉树发生了一场 7.1 级的地震。

玉树县第一民族中学在地震中创造了一个奇迹，全校 830 余名学生，无一人伤亡。这并非偶然，汶川特大地震和湖南湘潭学校踩踏事件发生后，学校组织学生进行地震逃生演练。多次演练的经验，让老师变得更加冷静沉着，能带领学生科学合理避难。

以往发生过的灾难，带给我们太多的惨痛和教训。

所以，各个学校每年都要做一些日常的抗灾演练，就是为了让我们在危机来临时能够从容地应对，将伤害损失降到最低。

随着互联网的兴起，许多传统行业都面临被淘汰的风险。

苏宁原本是一家传统电器实体企业，在意识到互联网经济时代来临时，整个企业瞬间就产生了巨大的危机感，于是他们决定从传统电器零售企业转型为互联网零售企业。

在 2018 年 2 月发布的业绩汇报里，苏宁上市公司实现营业总收入高达 1879.10 亿元。

他们不仅转型成功，还做出了当初想都不敢想的业绩。

一个企业，只有时时刻刻都保持着会被淘汰的危机感，才有可能在变化多端的社会环境中存留，甚至一直存留下去。

02

其次，危机感还会在一定程度上激励我们前进。

之前有一个很火的词，叫作“知识焦虑”。其实，“知识焦虑”就是这个时代带给我们的危机感。

如今的时代，信息爆炸，我们常常会感觉到时间不够用，要学的东西太多，而一旦停止学习，就相当于会产生损失。

其他人都在奔跑，你如果停下来，世界就会在别人的奔跑中换了样貌。

每个职位都面临被取代的危机，我们只有提高自己的核心竞争力，才能升职加薪。

生于忧患死于安乐，对生活充满危机感，才是生活里所应该追求的稳定。

最关键的是，**危机感还能够激发我们的潜力，让我们绝处逢生**

创造出奇迹。

林肯说过：“任何个人，在危机来临时，都能想到要打破常规。”

之前有一部很火的片子《少年派的奇幻漂流》，李安导演的。

少年派遇到一次海难，家人全部丧生。

他找到一只救生船在海上漂泊，可海上居然有一只对他垂涎的孟加拉虎。

少年和老虎之间有过冲突，有过对峙，有过妥协，有过无数次的危机。

可若没有老虎的威胁，少年也就无法时刻保持警惕和斗志，或许早就被大海淹没。

正是老虎给他产生的危机感，才使得他一直不放弃，在海上漂泊 227 天后终于获得解救。

在那些具有顶层危机意识的人眼里，危机感就是对未来的先机。

微信的诞生，其实就源自腾讯的危机感。

当时，微博从社交切入聊天软件，对于腾讯来说，这会是一个强大的竞争对手。

腾讯高层立马就意识到了这个问题，于是马上分组研发，微信才成功地被创造出来。

马化腾后来庆幸道：坦白讲，微信这个产品出来，如果是在另外一个公司，那我们可能根本就挡不住。

那些具有高层次危机意识的人，会在危机来临前就做足准备，甚至通过高远的预判使得他们在危机来临前率先抢占命运的主动权。

03

不过，危机感如果过于强烈也会带来反作用。

Yerkes-Dodson 规律表明，随着焦虑程度的加深，业绩也会随之达到最高点。可当焦虑程度超过某个点后，业绩反而会下降。

过于强烈的危机感会让生活压力变大，给我们带来许多杞人忧天的烦恼。

把握不好这个度的问题，我们就很可能会一败涂地，甚至再无翻身的可能。

危机感的强烈，其实与我们的认知程度有关。

我们所在的阶层，限定了我们的认知和预判力。

低层次的人爱抱怨，中产阶层的人易焦虑。**认知层次较高的人，往往更懂得预判危机，更懂得如何在危机中平安度过，甚至在危机中获得造化。**

因为他们知晓危机感在什么时候最容易消失，更知道如何去做才能保持自身的危机感。

在这个时刻充满危机的时代，谁能更好地把握危机感，谁就能创造更大的价值。

04

危机感的消失，其实与我们人性本能有关。

长期处于一帆风顺中，危机感就容易被安逸所取代。

人是天性喜欢安逸的动物，然而这种安逸往往会使人陷入危机。

刘禅就属于死于安乐的例子。

刘禅在位前期，主要依靠诸葛亮治理国政。而诸葛亮死后，刘禅开始变得昏庸无道，贪图享乐，不理朝政。

后来，魏国进攻蜀汉，诸葛亮之子诸葛瞻在绵竹战死，敌军一步步逼近，刘禅慌作一团，不知所措。

在听取众位大臣的意见后，他决定采纳光禄大夫谯周降魏的建议，反缚自己双手，出城投降邓艾。

刘禅在诸葛亮在世时一直过着安逸的生活，可诸葛亮死后，刘禅非但没有危机感，还贪图安逸，继续享乐。

最后的结局就是，偌大的基业，毁于一旦。

生于忧患，死于安乐，只有时刻保持忧患意识，才能得以生存，甚至生生不息。

最得意忘形之时，危机感也容易被成就感所蒙蔽。

闯王李自成攻入北京后，以为天下已定，大功告成，只顾着和将领们在北京城中享受安乐，“日日过年”。

他们以为打下了江山就能稳坐江山，以为再也没有谁能够与之为敌。

可是，不久后，明朝武装就卷土重来，起义军之前只顾着贪图享乐，早就没了当年天不怕地不怕的气势，最终败得一发不可收拾。

创业容易守业难，越是成功的时刻，我们越要有成大事者应有的静气。

得不忘形，才是一个成功者最可贵的品质。

长期的放纵，也会让人丢失危机感。

习武之人若有一阵子不习武，那便会享受不习武时的轻松，从而生出再也不想习武的念头。

我们刚开始放松时会产生放纵后的内疚感，这是一种警示，可以督促我们要及时弥补放纵的恶果。

若长期放纵导致内疚感消失，那就需要马上止损，不然以前所有的成绩都可能前功尽弃。

人生彻底失意后，也会对危机麻木。

一个摔倒趴下的人，不会再害怕跌下去，因为最差的结果也不过是保持现状而已。

然而，这时我们应该做的不是继续趴着，而是试着站起来，拍拍身上沾着的尘土，哪怕是哭着，也要往前面走去。

跌倒的时刻不是没有危机，而是危机已经完全笼罩了你。唯一破除的办法，就是在困境中仍然怀着希望，并且去尝试反抗。

05

任正非曾在华为发展势头十分良好时，发表了一篇《华为的冬天》。

他在开头就提到："我们公司的太平时间太长了，在和平时期升的官太多了，这也许就是我们的灾难。"

他在文中特别强调自己对未来的看法，他说："十年来我天天思考的都是失败，对成功视而不见，也没有什么荣誉感、自豪感，而是危机感。"

也正因为华为对自己无与伦比的危机意识，才使得华为手机在国产手机中脱颖而出，甚至隐隐有超越苹果的气势。

优秀品牌企业家，一般都对自身企业时刻保持着危机感，这也是他们能成为优秀品牌的原因。

比尔·盖茨常说：“微软离破产永远只有18个月。”

柳传志也总是强调：“你一打盹儿，对手的机会就来了。”

李彦宏曾经说过：“别看我们现在是第一，如果你30天停止工作，这个公司就完了。”

白岩松在《幸福了吗》中也提到他在央视岗位竞聘时的感受：

不主动就会被动，身在央视，我总会有一种莫名的危机感。我想，央视自身，也该有。因为**真正的危机感，不仅是一种动力，还是一种新生。**

无论工作还是学业，无论教育还是家庭，如果我们身在危机中而不知危机，那就无法获得新生和进步。无法新生、无法进取的后果，那就只能被淘汰。

《海贼王》里的士兵先生说：“如果你没有危机感，就无法成长。”

危机感时时刻刻都在警示着我们，只有不断地思考，不断地前进，才能在未来的危机中涅槃新生。

在这个比较浮躁的社会中，只有把握好危机感，才能在竞争中得到安全。

一个人的固执里，藏着低水平的认知

文 / 清悠

01

你可能会有这样的经历，跟人交谈时，有时你从各个角度给他分析一个问题，提出中肯的建议，但是他怎么都听不进去，表现得异常固执。

比如，一个女孩深陷感情骗局，外人一看就知道男孩在骗她，但女孩子却固执地认为男孩是真正地爱她，任凭外人怎么说，她都不会改变主意，甚至认为别人在不怀好意地破坏他们。

再比如，你苦口婆心地跟他人说年轻的时候多学点儿东西，多增长见识，对自己的事业、人生都有帮助，他却认为什么文化、知识都没有用，遇到事情还得靠钱、靠关系、靠运气。

于是，你所有的建议压根儿就不会起作用，他总会固执地寻找理由，固执地放弃努力。

每当这个时候，等你们争论一番毫无结果时，你也许会有一种挫败感，甚至捶胸顿足地喊道：从来就没有见过如此固执的人，这么简单的道理，他怎么就是不懂呢？

前几天跟一个伙伴交涉某个问题，他提出来说一项数据不正常肯定是设备故障的原因。我说先别着急，等我查一查。

当我告诉他数据不对并非是设备运行不正常，而是因为那个时刻正好有工人在检修，同时又受其他很多不可控的因素影响，才出现了这样的问题。

我把检修记录发给他，并指出了几项可能性的因素，但无论我怎么摆事实说明，他都认定了就是设备故障的原因。

我说得口干舌燥却又气愤难当，分分钟都有想把电话摔掉的冲动。

等冷静下来之后，我便想他为什么这么固执?

可能很大的原因就在于其认知能力，当发现这种问题时，他的第一反应甚至是唯一的反应就是设备故障，任你怎么拿证据去给他看，他都改变不了自己的看法，因为他根本没有其他的看法。

一个人的认知水平越有限，其想法就越单一，越缺乏判断力，人就会表现得越固执。

02

有很多人会说固执没有什么不好，它表示一个人有所坚持，不被同化。

我想说的是固执在此并非正向的执着、坚持原则；而是**当你面对不同意见时，异常敏感，异常自尊，拒绝反省、拒绝倾听、拒绝学习的行为，它甚至会演变成过分的偏执、执拗。**

而这时，你就很难再进步、再成长。

也有很多人把固执当成一种张扬自我的个性，仿佛有一天一旦不固执了，那是不是就会随波逐流，变得毫无特点可言。

其实这是一种错误的想法，错在把固执这种棱角当成了个性，将棱角和个性相混淆。

有些阻碍成长的棱角是应该被磨平的，使自身变得更加圆融，但这不影响你个性的形成。

一个真正优秀的人会保持其独特的个性，因为他们认识到，所谓的固执并不是独特的个性，从某种程度上说其实是一种人格缺陷。

恰恰是固执阻碍了一个人良好个性的形成，它往往使得你越来越偏激，缺少宽容和智慧，阻碍了你学习、思考以及接受新鲜事物的能力。

美国心理学家乔治·凯利曾经提出过“个人构念论”的观点。

个人构念即由个人过往的见识、期望、评价、思维等所形成的观念。

当遇到相同或者相似的场景时，一个人的脑海里便会呈现他以往的经验来对该问题或者场景做出判断。

当你的认知能力很低时，脑海里的个人构念就会趋向于单一，缺乏弹性。

因此遇到问题时，你的个人构念所提供出来的对策就很狭窄，但却成了你的全部，你误认为这就是所有的、最好的对策，没有其他可能。

而当你的认知能力高，见识得多、读到得多、经历得多、有独立思考能力时，你就会获得越来越多的知识和经验，你的个人构念就会越丰富、越饱满，在同样的问题面前你便不会只是执着于一种答案，而是有几种可能的答案。

03

如果用数学的集合来表示，即认知低的个人构念是 A，认知高的个人构念是 B，B 包含了 A，除了 A 之外，B 中还有其他的集合（比如 C、D、E……）。

举个例子，认知水平低的人固执地认为读书、上大学没用，大学毕业生赚的钱还不如小学没毕业的人赚得多，他们的衡量标准就只是金钱。

而认知水平高的人的衡量标准中除了金钱之外，还有工作机会的选择、自身潜力的挖掘、精神趣味的提升、多元化的学习等等。

认知能力高的人，往往更乐于提高自己，于是一段时间后，当你回过头来再看自己做的对策或者思考时，往往还会补充更多的可能性。

因为你又进步了，你的认知水平又提升了。

这就是为什么当一个人知道得越多时，越明白自己的无知。

因为，你的认知水平越高，你越明白外面的世界之大，知识是学不尽的，你没法固执起来，只有谦虚地走在学习、领悟的道路上。

因此，真正厉害的人物反而很谦虚。

就像苏格拉底所言：我唯一知道的就是我一无所知。

因为认知能力低，个人视角太小，想法单一，缺乏判断力，所以表现为固执，又因为如此固执，便拒绝了学习，拒绝倾听他人的意见，因此在完善自我的道路上便会停滞不前，如此便会导致一种恶性循环。

04

认知水平相当的人，交流起来往往轻松自如，认知水平差距大的人在一起交流时往往会有“时间怎么过得如此之慢”的艰难。

多年不见的老朋友再见面时，有时会感觉无话可说，其实并不在于其生活环境的差异，所经历人事的变迁，其根本的原因是个人认知差异的不断扩大。

有些人以飞快的速度成长，其认知水平已经达到了一定的高度，而有的人却在原地踏步，那么这些人的认知水平还是多年前的水平，自然会以多年前的思维、认知做判断。

固执的人是缺少反省能力的，更缺少及时的觉知能力。

固执是无明和缺乏智慧的表现，而开放则有助于丰富我们的知识和智能。

美国心理学家弗拉维尔提出过“元认知”的概念，指对个人学习、思维活动的认知，即对认知的认知，也就是你要具有自我反省、自我觉知、自我完善的能力。

你知道自己是怎么想的，知道自己的想法是如何产生和发展的，知道如何去看待你的思考结果，是否有改善的余地，如果有，可以不由自主地去改善。

我以前是一个很固执的人，认为这是性格里带的特点，改不掉了。

但随着不断地学习，发现自己实在太渺小了，自己以前所固执认定的理念也一再被推翻。

当我懂得越多，从优秀的人身上学到得越多，再出现固执的情况时，就会自动、及时地对自己的行为进行觉知和反省。

当然这个改变并不容易，需要刻意提醒自己，更需要循序渐进。

如果你已经认识到了自己的固执，但又不知道如何去改正，除了刻意提醒自己及时反省之外，最有效、最直接的办法就是去学习，去阅读，去提高自己的认知。

一段时间之后，你会发现你缓和了，你可以通过别的角度去思考问题了，你不再执着于自我。

多读书、多了解、多思考，当经历得多了，了解得多了，认知能力提升了，固执自然会有所改善。

Part 2

第二章

你的逆商，决定了你的人生高度

高逆商的人不仅在日常频繁出现的小麻烦中能够应对自如，在遇到人生中的大困境时，依然能够保持冷静，怀揣希望。

你可以穷，但你千万不能习惯穷

文 / 大芋芋

01

我大学有个舍友，我叫她 L。

她的奇葩事情特别多。

刚入学的第一天，舍长说由于宿舍要添置东西，每个人要交二十块钱的舍费。

L 立刻跳起来说：二十！我很穷的！十块钱行不行？

一开始大家并没有太在意，舍长的本意也是先收着，这样以后就能少收几次了，于是大家就每人交了十块钱。

L 一边掏钱一边说：十块，好贵啊，我感觉我们宿舍不需要买什么啊。

也是大一刚开学的中秋，班长出钱买了一大袋月饼，每人发了一个。

我们宿舍也领到了月饼。有个舍友不爱吃，但是她对班长有点意思，所以也把月饼收了下来。

L 听说她不爱吃月饼，就说：不如你给我吃吧！我爱吃！

舍友说这是班长发的，她想留着做个纪念。

L 不开心了：像你这样的城里人什么东西没吃过啊，就不能给一块月饼给我吗？我长这么大都没吃过几次这么好吃的月饼。

舍友本来想留着的，但是看她可怜巴巴的，就给她了。

本来没什么的。舍友很好心，L 也很受用。

后来，L 总说自己不是大城市的人，什么都没吃过什么都没看过。还喜欢说自己家庭条件不好，没见过什么世面。

每次说这些话的时候我们听着都会觉得别扭，但也不好多说什么，在以后的很多事情上面尽量让着她点就是。

但是 L 得了寸就要进尺，最后发生了一件事情彻底触到了舍友的底线。

有一次，舍友 M 很想吃自己家附近的私房甜品，学校周围还没有卖，于是就在微信上下单，让店家快递一个蛋糕过来。

那天她有事出去了，回来的时候发现蛋糕已经被拆了，还被吃了一大半。

吃掉蛋糕的人，就是 L。

舍友 M 非常生气，算是怒火中烧的那一种了。她质问 L 怎么可以不经过她的同意就拆了快递，还吃了她的蛋糕。

L 竟然说：这快递你拆是拆我拆也是拆啊，反正都要拆掉的，我帮你拆了也无所谓啊。

舍友 M 说：你知不知道你这样犯法啊！

L 竟毫无悔意：不是吧，我拆你个快递而已，你难道要告我？好吧，我下次不拆了。

舍友 M 又说：你还吃了我的蛋糕！太过分了！你要赔一个给我！

L 接下来说的话让我都想揍她了，她说：你这个人怎么这样？这个蛋糕你肯定是要分给我们一起吃的啊，我吃两口怎么了？你还让我赔？你真的好过分！

我忍不了了，跟L说：你也太过分了，拆快递和吃蛋糕都没有经过主人同意，太随便了。

L竟然哭了，边哭边说：你们这些有钱人就会欺负我！我不像你们能天天吃这种蛋糕，现在想吃一口怎么了？

我跟舍友都傻眼了，原来天底下真的有这样不讲理的奇葩存在啊。

舍友M不管，非要她赔，但L就是一副死不认账的样子：我就不赔，我没钱，有本事你就从我钱包里把钱抢过去，不过我钱包里的钱也不够赔你这一个蛋糕的。

这件事情一闹就是好久，最后舍友M没办法只能作罢。她说：我没你那么无赖，也没你那么穷！

本来只是自己宿舍的事情，没想到传到别人的耳朵里，就变成了舍友M欺负L说她是“穷人”。

02

“穷”本来就是个敏感的字眼，于是，舍友M自然而然就成了别人在背后议论的对象了。

其实这世上的好多事情，眼睛见到的都不一定是真的，更何况是听人说的呢。

只有我们这些朝夕相处过的人才知道，L其实从来没有将“穷”看作自己的不堪，反而恃“穷”而骄，不止一次以自己买不起为理由，用光了我们的水乳喷雾精华液，连我们的衣服她都要穿个好几天。

后来，我们就没在一起玩过。大二搬校区分宿舍，她也被分出去了。

最近听说L谈恋爱又分手了，于是又到处宣扬男方嫌贫爱富瞧不起她嫌她没钱。

不过听别人说起，仿佛她从来都没有以穷为耻，反倒是已经习惯了这种心态。

L后来的一个舍友说，L谈恋爱以后，总是以各种理由向对方要礼物。除了清明节，基本上逢年过节就要个礼物，在一起以后更是十天一个纪念日。

一开始男方还能承受，据说后来压倒对方的最后一根稻草，是男生过生日的时候，她只花十五块钱买了个切片小蛋糕给人家。

男生都快要气死了，问她怎么好意思买这么小的蛋糕。

她竟然说：人家口袋里没什么钱啊……

这样的事例还不少，我不想列举了。

我只想说：姑娘，人们其实不介意你穷，但人穷不能志短，不能习惯穷，更不应以此为借口，贪小便宜，丧失了人格尊严。

03

日本作家斋藤绿雨说：**夸耀贫穷比夸耀富裕更卑鄙。**

这话说得很有道理。就像有人喜欢倚老卖老一样，倚穷卖穷简直就是罪不可恕。

人最怕的是思想贫穷，志向贫穷。世间大部分的思想贫穷，都是一种病态，是不良生活、不良环境、不良诱导的结果。

我认为，那些穷得理所当然的人，恐怕真要穷一辈子。

因为从他们内心深处，就已经否定了自己发展的可能性了，变成了没有理想没有欲望安于贫瘠甚至是享受贫瘠的人。

我的一个朋友，过去家里很穷，但是他从来都不妄自菲薄。因为他的母亲告诉他，我们家不富有，但是并不代表你以后不富有。

面对贫穷，战胜贫穷，你的人生依旧有无限可能。

所以，他从来都不会觉得穷是一件很羞耻的事，也从来不会因为穷而自卑，更不会因为甘于穷而堕落。

他凭借自己的努力拿到了学校唯一一个保送出国的名额，一直坚持做自己应该做的事情，现在留在了美国，年薪近百万。

贫穷本身并不可怕，可怕的是自己以为命中注定贫穷或一定老死于贫穷的思想。这是富兰克林先生讲过的一句话。

所以，**穷不是最可怕的，可怕的是因贫穷而滋生出来的阴暗与不堪，还有理所当然接受帮助甚至是觉得周围人就应该帮助你的心理。**

身处贫穷，人应该拿出点儿骨气与自尊来，告诉自己：我的人生依旧有无限的可能，我不会一直穷下去的。

认知税，是这个世界上最昂贵的税种

文 / 宛清

01

认知差异，是人和人最大的差异

思想是思想永远摸不透的邻居，人才是人的无常处境。

作家雾满拦江曾经讲过一个故事：有位妈妈，带着未成年的女儿逛街。

逛街回来，女儿画了幅《陪妈妈逛街》。

妈妈拿过女儿的画一看，觉得很吃惊。

女儿的画上，没有车水马龙，没有高楼大厦，也没有好玩的玩具。只有一根又一根，奇怪的柱子。

女儿画的是什么？妈妈端详很久，才明白过来——女儿画的，是一条一条的人腿。

女儿年幼个子小，她拉着妈妈的手，在人流如织的街上走。她没有看到高楼大厦，也没有看到美丽的装饰。她看到的是无数成年人的大腿，晃来晃去，严严实实地挡住了她的视线。

认知高度不同的人，看到的世界截然不同。

春节聚会，再次看到当时在同一个教室读书的同学。

当年大家以相差无几的成绩进入同一所学校同一个专业，同样青春年少、意气风发，但十年后，处境却有了天差地别。

来自沿海的甲同学脑子活络，毕业后跟女朋友一起做电商，趁着当年的红利，赚下第一桶金。又创立了自己的服装品牌，打造模特 IP，集聚品牌粉丝，资产已经达到几千万。

当年专业成绩第一的乙同学，进入一家公司做文员，不善交际又规划不清，跳槽了几次，却始终只是做最基础的工作。

同学坐在一起，聊起当年一起逃课一起喝酒，不分彼此。

但再聊起当前趋势、未来发展，却自动地分了组。

有些人在说区块链、比特币、粉丝经济，有些人只能说办公室政治、婆媳矛盾、生不生二胎。

普通人在智商上，差别并不大，真正的差异都体现在认知上。

如何看待自己、如何看待他人、如何看待世界，将决定你如何选择、如何行动，自然也会有完全不同的结果。

认知差异，才是人和人最大的差异。

02

提升认知 or 交认知税

《2015 年世界发展报告：思维、社会与行为》中指出：贫困不单纯是缺钱，那种持续的、日复一日的与贫困紧密相连的艰难决策相当于对穷人的心理和社会资源征税，这种税加剧了认知的负担进而导致穷人做出产生持久贫困的相关决策。

这种“加剧人们认知负担的税”被称为“认知税”。

为此，世界银行特意做了一个测试：

印度蔗农应邀在甘蔗收获的收入到手前和到手后参加一系列认

知测试。在卖甘蔗的收入到手后，资源稀缺状况得到了缓解，他们的测试成绩要比之前好得多，相当于智商提高了约 10 个点。

也就是说：**越穷的人，认知越低；认知越低，又让他们在做决策时更加短视、丧失追求、对机会不敏感，就好比对认知“征了税”。**

美国作家芭芭拉·艾伦瑞克写了一本《我在底层的生活》，也说明了这个道理。

作者隐藏了自己的身份与地位，潜入美国的底层社会，体验低薪阶层如何挣扎求生，求解贫穷的真相。

在这个过程中，作者有了惊人的发现。你看完也许会觉得很惊悚，因为和我们身边的人如此相似：

因为没钱，不得不住在偏远地方；因为住在偏远地方，所以不得不花费大量时间在路上；因为花费很多时间在路上，用于提升自己和发现更好工作机会的时间越来越少。

为了应付房租和生活成本，只得做更多的兼职；做更多的兼职，没有时间和精力关注健康；健康出现问题，必须购入昂贵的止痛药才能坚持工作，又增加了工作成本。

他们的生存陷入一个越工作越穷的死循环。

有人说：下班后的时间决定了你的人生。

大多数人下班之后会觉得工作已经很累，需要休息一下，泡个澡，追个剧，刷一下手机，然后睡觉。

只有少数人才会越过当前的困倦，看到更长远的人生目标，用下班后的时间学习、充电、实践。

前者在未来支付认知税，后者正不断提升认知。你只能二选一。

美国作家马里奥·普佐在《教父》中写道：“在一秒种内看到本质的人和花半辈子也看不清一件事本质的人，自然是不一样的命运。”

著名投资人王利杰说：“人与人之间是有认知鸿沟的，而认知鸿沟如天堑，实难跨越。”

他认为，5% 的认知差别导致在 10 年后两个人的成就差异可能超过 1000 倍。

人的一生当中有 5% 的可能性遇到一个人或一本书启发你、引导你，使你能够意识到原来自己还有 5% 的自行控制命运的空间。而这 5% 又能够给你带来数千倍的回报，让你的人生能够有数千倍的提升。

03

认知税将越来越贵

罗振宇在 2017 年“时间的朋友”跨年演讲中说：

现在，你有两个选择：

交越来越贵的“认知税”，或者打越来越残酷的“认知战”。

网络上的一个段子是：

1985 年到 1990 年的趋势，是个体户；

1996 年到 1997 年的趋势，是下海潮；

2003 年到 2007 年的趋势，是房地产；

2012 年到 2015 年的趋势，是互联网 +；

2016 年到 2020 年的趋势，是分享经济 + 粉丝经济。

随着时代的快速发展，每个趋势的红利期越来越短，留给人们的反应时间越来越少，但能不能抓住红利造成的差距却越来越大。

大多数人现在用得最多的即时通讯工具都是微信。但其实在微信之前，小米就推出了基于手机通信录的即时通讯工具“米聊”。

是用QQ去竞争，还是启动新的产品？腾讯内部争议很大。

张小龙当时负责QQ邮箱，压力相对较小，于是带了十几个人开始做“微信”。

米聊比微信早，同时腾讯的无线部门也启动了另外一个产品叫Q信。

在内外部竞争的倒逼下，张小龙用三个月的时间就超过了米聊。

然后把公司所有的力量调动起来强推，把QQ的用户往微信上去导，在几个月时间里迅速发展。

随后推出语音对讲、微信群、微信公众号等创新功能，让其得以一波一波爆发式发展，奠定了微信今天在移动互联网上第一入口的地位。

如果当时腾讯的决策是用QQ去竞争米聊，也许今天我们用的就是米聊了。

正是出于对PC端通讯工具和手机端通讯工具不同的清醒认识，让他们当机立断做出了科学的决策，从而赢得了一大波的红利。2017年下半年，微信活跃用户已经将近十亿。

鼎盛时期排名广东第一的新一佳超市，2016年进入破产清算。

2012年销售额仍达180亿，排名全国商业连锁30位。

由于电商冲击，盲目扩张，创新思维不足，仍旧沿用以前的管理模式，使得新一佳在短短几年内资金链断裂，破产清算。

而与它同一时期发展起来的步步高，2016年营收额达到154.7亿，2017年营收额达到173.63亿。2018年，获得腾讯和京东16亿元的入股，共同发展“智慧零售”“无界零售”。

没有太多的时间等待，认知落后，马上就必须付出相应的代价。

在个体户时代，你家邻居吴大叔开了家小商店。他可以不用像父母一样务农种田，家里还有鱼有肉，提前进入了小康。

在下海潮时期，父母的同事辞职经商，小赚了一笔。他们家率先买了商品房，搬出了单位宿舍，后来又去了更大一点的省会生活。

在房地产红利期，一起在北京打拼的同事存了点钱又贷了款买了一套房，而你觉得还不如买辆车。过了十年，同事的房子值上千万，你的车子开了十年已经值不到买价的四分之一。

在粉丝经济时代，一个前报社记者开了个公众号，吸引粉丝1000万，每月广告进账达到500万，她就是咪蒙。

时代越发展，你为认识不足所付出的代价就会越大。

认知税，将成为这个世界上最昂贵的税种。

04

少交认知税，必须打赢认知战

如果想不付或者想少付认知税，只有一个选择，那就是：打赢认知战。

打赢认知战，可以从三个方向努力：

坚持学习。

张灵泉在演讲中说：对我而言，更大的恐惧来自于你明明知道世界在变，变得如此之快，变得如此无孔不入，进入你的方方面面，但是你却并不知道它是怎么变的。

这个瞬息万变的时代，新鲜事物不断涌现，思维方式更迭换代，我们要知道这世界的变化，并且跟随时代转换认知，就必须不断学习。

时代在变化，学习的内涵和方式也在不断变化。

以前我们觉得要去图书馆读一本书才算学习，而现在你翻朋友圈的时候在学习、上网浏览新闻的时候在学习、听一场网络分享课或者加入一个社群也是在学习。

你可以一边跑步一边听书，也可以和小伙伴们在社群一起讨论对同一个问题的观点，学习变得更为容易和便捷，但信息源的纷繁复杂也让我们越来越难坚持。

坚持学习，坚持将碎片化和系统化的阅读相结合，构建自己的知识体系，是形成认知体系的第一步。

坚持实践。

韩寒的《后会无期》中说：听了很多道理，却依然过不好这一生。

为什么呢？因为你并没有按照道理所述去“践行”。践行是让你获得认知的最直接有效的方式。

有些人说，自己总是遇不到机会，其实是因为你没有把握机会。你一旦发现机会的一点点端倪，就必须马上跳进去赶紧干，一边干一边想。

一定要先做起来再说。

绝知此事要躬行。很多问题不是通过单纯的想就可以明白的。

比如，你不知道公众号如何运转和盈利，你可以自己试一试，就获得了对这件事的认知。

正是由于一些基础的积累，又可以让我们获得新的机会。通过一些碎片，让我们拼出了一个图形，又获得新的碎片，拼出新的图形。

坚持深度思考。

蔡垒磊在《认知突围——做复杂时代的明白人》中说：深度思考是一种很特殊的能力。要说能用它来吃饭还挺难的，因为它无法作为一项独立的技能去换取价值，但它又切实影响着我们的各项技能，所以算是一项非常重要又容易被人忽视的能力。

深度思考让我们可以对已经形成的知识体系进行去繁就简、去芜存精的加工，不断将零碎的知识系统化，也不断进行修正和完善，从而最终完成认知体系的升级。

不是所有人都配得上你的解释

文 / 木木

01

胡歌与卓伟有一件往事。

2015 年，卓伟别有用心地做了一句诗，“骨相清奇本绝配，歌影婆娑映浦江”，试图爆料胡歌与江疏影的恋情，还在微博上分别 @ 了胡歌和江疏影。

一时间，舆论哗然，吃瓜群众纷纷端好小板凳，等着两军对垒、双方开撕。

然而，胡歌却不温不火地回了一句：“风乍起，吹皱一池春水。”

要知道，这句话出自冯延巳《谒金门》，南唐皇帝李璟曾拿这句话取笑冯延巳：“吹皱了一池春水，干卿何事？”

胡歌这句话，翻译一下，就是我谈不谈恋爱，关你何事。

不做解释，寥寥数字，看似云淡风轻，却是言义尽显。

微博上还有个老梗。

昆明暴恐事件发生后，北大医院发出一则微博：称北大医院派出“普通外科医生”姜勇飞赴昆明参与救援工作。这本是很平常的一条信息，却惨遭一侠肝义胆的网民吐槽：

这都什么时候了，还只派普通外科医生？为什么不派高级外科医生？拿得出手吗？

要知道，普通外科，简称普外科，为外科系统中最大的专科，涵盖各种腹腔、乳房、甲状腺及简单的皮肤外科，是按照治疗目标的不同来进行区分，而不是按“普通”和“高级”。

于是，有热心的网友进行了反馈：从今以后，外科医生的等级要从低到高分为粗糙、普通、优秀、高级、史诗和传说。

不同的人有不同的认知层次，这本没有什么问题，但是偏偏有人就喜欢以己度人。

在遇到与自己认知层次不一致的事情时，他们会坚信自己一定是对的，并始终占领着道德上的优越感，给对方施以道德上的绑架。

在他们看来，事情没有真相。凡是与他认知不一致的，就等同于错的、不好的、虚假的。

所以，当有人在不停地对你报以恶意的质疑时，你可以想想：他是否值得我去争辩？而通常是，不是所有人都配得上你的解释。

02

话说，某天早上，子贡在大院门口打扫院子，有人来求访孔子，想要请教有关时间的问题。子贡认为这个问题简单，便代为作答。

来人问：“一年有几季？”

“四季。”子贡说。

“不对，一年只有三季。”

“四季。”

“三季。”

“四季。”子贡理直气壮。

“三季。”来人也毫不示弱。

两人争论不休，直到中午也没有消停。孔子听到争论，从院内出来。子贡觉得自己占理，忙上前讲明原委，让孔子评定。

孔子观察来人一阵后说：“一年的确只有三季。”

来人听到孔子也这样说，于是高兴地离开了。

子贡不解，说老师，您平时讲的可是一年四季啊。

孔子解释道：

刚刚那个人穿一身绿衣服，就跟田间的蚱蜢一样。蚱蜢，春生秋亡，一生只经历过三季，哪里见过冬天？所以，在他的思维里，根本就没有“冬季”这个概念。你跟这样的人，就算争论个三天三夜，也争不出个结果，何必呢？若不顺着他说，他能这么爽快就走吗？

孔老夫子，一举点破人际交往的核心：

和认知不同的人争辩，绝对是在浪费时间。

03

冰冰的老家在南方一个封闭的小山村，她从小就跟村里那些女孩不一样，因为在大家眼里，她就是个另类。

别的女孩子在满山疯跑的时候，她在学习；

别的女娃在学怎么纳鞋底、绣花、砍猪草、插秧种地的时候，她在读书。

老一辈的妇女见了她都恨不得剥了她的皮——你个死丫头，读书读得脑壳傻掉了哇，以后怎么找婆家，哪个男人愿意要你？

到了十七八岁的时候，别的女娃每天打扮得溜光水滑，望着来提亲的媒婆喜笑颜开，冰冰却在高三的最后一年里挥洒青春。

村里人视她家为另类，她自然而然成为大家茶余饭后用来嘲笑的谈资，不仅背后议论，当面还得埋汰：

“哎呀，女生要读那么多书干吗？将来还不是要嫁人的。”

“别再让她读了，赶紧找个婆家，结婚生娃才是正当事。”

面对村里七姑八姨愈演愈烈的嘲笑，她从来不回复，也不辩驳，默默地上完大学，在大城市里上了班。

今年过年回老家，在大巴上偶遇村里一位长辈，这位长辈见她后，顿时在昏睡中来了兴致，扯着嗓门忍不住埋汰起来：

现在读大学啊，没用，白花钱，上完大学还是给人当牛做马啊。我儿子初中上完，我就送他学厨师，现在在省城的大饭店里干厨师，一个月2000块呢，啧啧啧，真不错，真出息。

而后，似笑非笑地问冰冰：“大学生，你现在一个月拿多少钱啊？”

冰冰双眼一抬，微微一笑：“也不怎么多，大概是你儿子两年的收入吧。”

大叔脸上堆满的调笑瞬间变成了尴尬的讪笑：“哦哦哦，还真是不少。”

我想，大叔就算再没文化也能算出这丫头现在一年挣多少钱。

从此，村里闹家庭矛盾的时候，老娘都会骂自己不争气的儿女们：“你们看人家冰冰，人家一个月挣那么多钱，我生你们真是白瞎了。”

这世上，很多时候，可怕的不是见识短浅的人，而是见识短浅还不自知的人。

更可怕的是，他们觉得自己短浅的见识代表的是全世界的普遍真理。

继而，众口铄金，积毁销骨。

更有甚者，会三人成虎，五人成章，在言语和行为上孤立不同者，以获取从众心理上的优越感。

对这些人最好的回复，就是不回复、不理睬、不解释，因为实在没有必要。

04

突然想起以前一个爱好打篮球的同学。

他每次去打球的时候都会戴上全套护膝，同行的人总是会嘲笑他，说他跟娘儿们一样金贵，还常常在这同学背后，把他戴护膝这件事添油加醋，形神俱备地当成段子来讲。讲完后，一群人笑成一片。

我曾偷偷地问过他：“为啥不跟同伴解释一下？”

他仰天一笑，说：“常与同好论天下，不与傻瓜论长短。”

我想，很多年后，那些嘲笑他的同伴会知道一种叫作滑膜炎的病。

与此类似的，大家可能也听过以下观点：

“花几十万把孩子送出国留学有什么用？国家又不包分配工作。”

“打扮得花枝招展有什么用？还不定内心是啥样。”

“上大学有什么用？出来还不是去给小学没毕业的老板打工。”

“女生读博士有什么用？还不是要嫁人和生娃。”

“抑郁症啊？那都是没事儿闲的！你让他每天去扛个100袋水泥，看他还抑郁不？”

是的，我们身边总有那样一群人，他们对事情的判断都简单粗暴。凡是在他们身边没发生过的事情，他们都认为是假的、坏的、错的。

他们孜孜不倦地用低层次的见识和逻辑，四处推理破案。

只要超出他们认知的，就直接否定。同时，超级无敌迷之自信地认为，自己掌握的才是宇宙唯一之真理。

“自卑情结之父”阿德勒说：“任何一种凌驾于他人之上的举止，背后都有一种亟须隐藏的自卑感的存在。”

一个真正有见识和智慧的人，才会真正发现自己的不足和渺小，也才会有足够的眼界去发现世界的多元，有博大的胸怀去拥抱世界的不同。

当他人因为一些大多数人都知道的真理与你争执不休的时候，其实冷静想想，并不是所有人都配得上你的解释。毕竟夏虫不可语冰，井蛙不可语海。

05

孔子在《论语》里提过四件坚决不要做的事：“毋意、毋必、毋固、毋我。”

其中，“毋我”的意思就是，不唯我独是，不以自我为中心。

《了不起的盖茨比》里有一段话常被引用：

我年纪还轻、阅历尚浅的时候，父亲曾经给过我一句忠告：每当你想批评别人的时候，你要记住，这世上并不是所有人，都拥有你所拥有的那些优越的条件。

很多时候，我们不喜欢与见识短浅的人交谈，并非是因为他们见识不够，也不是因为认知层次上的差异，而是因为，低层次认知水平的人缺乏对事物基本的认知，却总是喜欢以自己浅陋的观念，肆无忌惮地去指责和评判他人，随意加入自己的个人情绪，言行间既无一丝谦逊，亦无半分尊重。

所以，当你被嘲笑、被否定、被讽刺时，你最该做的，不是去争辩，而是要憋足劲，用现实默默地去给予最有力的回击。

跟优秀的人在一起，你能差到哪去

文 / 清悠

01

看到了师妹在朋友圈发的新状态：每天都有所进步的日子才是最美的时光。

于是，随手翻了翻她最近半年的朋友圈，都是忙忙碌碌的身影，但是看上去却无比精彩，充满活力。

参加项目交流会，听专家学术报告，团队集体挑灯夜战，庆功会上碰杯陶醉，以及完成工作时伸展的懒腰，都透露出一种积极向上的状态，看上去清新而舒服。

而半年之前的她则是清一色的迷茫、焦虑、不知所措。

当时，她已经在一家公司就职三年，学历高、本人勤奋努力、不服输，三年内出了不少小成果，得到了领导的认可和尊重。

但在该领域走了一段路之后，她发现自己虽然有成长，但是速度太慢，更大程度上表现为自己的孤军奋战。

因为周围人安于现状，缺乏年轻人的朝气，整个团队氛围懒散，凝聚不成一股力量，可供她学习提升的机会太少，成长提升的空间受到限制。

这些都使她感到缺少了方向感，不时陷入迷茫和压抑。

跟她聊天时能注意到她一脸的疲惫，这大概就是人失去方向感之后便会呈现出来的消极吧！

她想过换工作，但心里仍有犹豫。虽然以前的工作平台不高，但待遇还不错，让她一下子打破这种稳定，她显得有些纠结。并且中意的单位人才济济，竞争激烈，她害怕自己追不上别人的步伐。

我当时劝她说：既然现在进步的空间已经不大，没法获得个人成长，不如辞去。而新单位虽然人才多，但是氛围积极，能跟优秀的人在一起，你能差到哪去？

后来，她说就是这句“能跟优秀的人在一起，你能差到哪去”激励了她。她辞了职，想清了自己需要的是不断成长，而不是满足于固有的圈子，安于现状。

事实恰是如此。新的天地，有优秀的团队为伍，整个氛围积极向上，她的心重新燃烧起来，每天都有做事的动力，对于未来也更明确，真正地走在了自我成长的道路上。

我们往往缺少一种魄力，不敢去尝试，不敢去改变，于是眼中的世界便只有那么大。

或许**你应该有点“宁做凤尾，不当鸡头”的意识，凡事以能使自身成长为前提，而不是去担心虚无缥缈的未来。**

你永远赶不上变化的节奏，倒不如先充实好自己，等变化来临时，你才有能力随机应变。

02

网上流行过这么一句话：“最怕的是比你优秀的人还比你努力。”

在我看来，这句话几乎是必定的真理。他们的努力不一定是流于表面，能够让你轻而易举就看到，这种努力更表现为一种经常性地对自身进行修正，即优秀的人一定是善于自我教育的人。

优秀的人具备了自我教育的能力，其一生都会适时地对自己进行修正，使自己变得更有层次和境界。

有一次，跟一个非常优秀的朋友聊天，问了他一个早就想问的问题：为什么我能想到的优点都能在你身上找到？

他说：很简单，只是很多人可能不会留意，我在跟人交往时，永远是抱着学习的态度，他人具有的优点我会很快地发觉并且学以致用，让其变成自身的品质。因此，久而久之，当我学习的人越多，我身上的优点也会越来越多。

学习他人的长处，变为自身的优点，这就是他越来越优秀的秘诀。

俞敏洪在演讲中也不止一次地说道：他一直在向优秀的人靠近，在追随优秀的人的脚步。

创立新东方以后，他不断地向新东方的各种人学习，不管年轻还是年老，对他来说，唯一的区别就是他们身上有没有值得学习的东西。

事实就是这样，**越是优秀的人，越具备学习能力。学习新东西，探索新世界，在他们看来是自然而然的事情。**

因此，你大可不必担心别人会瞧不起你。别人可能反而会给你舒适的感觉和向前的动力，指出你一直忽视的特点，告诉你该发挥的优势。

有人说，一个人如果从来没有自卑过，他的奋斗会比较平庸，他的成功会比较渺小。跟优秀的人在一起，你可能会自卑，但要适当而不过度。

只要你认识到，你正在走上坡路，那么未来的未知就并不可怕。

因为你已经处在了一个更积极的氛围里，这些人的行为方式、良好作风都会耳濡目染地熏陶你。你不一定能比得过他们，但你一定会以最快的速度超越过去的自己。

03

然而，很多时候，你并不是意识不到这些益处，有些事情你也不一定做不到，而是你连想都不敢想。

打个简单的比方。你认为你一年最多只能赚十万，对于一百万你连想都不敢想，你认为自己这辈子都不可能赚到，于是你就亲自给自己堵上了一条路。

假如你想到自己没准可以赚到，那么接下来你便会想如何去赚到、要用什么方法、投资什么方向，如此才会有接下来的一切可能。

人们总是担心自己的稳定被打破，一旦打破了不知道如何去应对，或者没有面对的勇气，所以压根儿连想都不敢想。

这时的**“不敢想”就是限制性的思维，人与人之间最致命的差距就在于思维方式的差距，成长型思维才是最具竞争性的思维。**

当你在羡慕别人聪明的时候，告诉自己我可以向他学习。

当你觉得目前的状态不错的时候，想一想还能不能更好。

当你觉得某项事情太难了，你或许可以鼓励自己再从其他方面去尝试一下……

也就是说，无论处于什么状态，都以成长型的思维考虑问题。

其实，成长比成功更重要。不管是做什么样的选择，只要这个选择有助于自我提升和成长，你就可以暂时不去考虑结果，而是专注于这个提升的过程。等这些过程你全部经历之后，你的心态一定会发生改变。

就像《我的前半生》中的罗子君，跟陈俊生离婚时，担心害怕，恐惧自己的人生发生变化，不敢接受未来没有依靠的日子。

可是经过一番努力，她逐渐明白了应该做什么样的自己，从公司离职的时候没有沮丧和失落，而是眼含热泪地对贺涵说道：

你不知道我现在比任何时候都有成就感，刚才苏曼殊要赶我走的时候，让我想起来陈俊生跟我离婚的场景，好像都是我自己砸了自己的饭碗。

但是这一次我很庆幸，因为我一点也不害怕，一点也不会觉得惊慌失措，因为我知道自己有什么，会什么，我可以到哪里去，我接下来可以干什么，你不知道我现在这个感觉到底有多好。

这就是成长，成长就是你越来越清楚地知道自己可以做什么样的选择。

04

人生最大的贵人永远是自己，你做出自己的选择，你决定自己成为什么样的人。

当一个小圈子不能给你提供养分，你不再能学到东西，即使你在其中的位置再高、地位再牢固，对于自身的成长而言都不是最好的。

而跟优秀的人在一起，也绝不是以有朝一日超越别人为目的，而是看你是否能以最快的速度、最高的质量超越以前的自己。

参加活动遇到过一个老师，是一个智者。他稍一点拨，一句话就让我醍醐灌顶。接下来，我做了一系列的思考，挖掘了自身埋藏很深的一些弱点。可能他自己也没想到那句话对我来说如此重要。

事实就是这样，有些东西已经存在于你的脑海中，但是不够清晰，不够明朗。这时，就得靠那些优秀的人来唤醒那个沉睡的你、那些沉睡的意识。

因此，**与其担心未来的不定，不如努力让自己现在强大。**

而跟优秀的人在一起，你一定会比过去的你更优秀。到那时，你的未来也才有了更多的可能性。

这个时代比情商更重要的，是逆商

文 / 玛丫

01

这是最好的时代，也是最坏的时代。

《双城记》中的这句话，用来形容我们现在所处的这个社会，似乎也很贴切。

许多人说，这是一个信息化时代，一切讲究快。互联网拉近了全世界人的距离，也拉大了全世界人的差距。

其实，纵观古今，哪个时代不是同时具备最好和最坏的特质呢？

身处 21 世纪，我们有时会迷惑，这个时代，究竟是属于 80 后，还是属于 90 后，或者，属于 00 后？

有些人曾在岁月更替中发现了成功的秘诀：双商高。

双商，是指智商（IQ）和情商（EQ），这一秘诀一开始被许多人奉为真理。

由于智商有时候受先天因素的限制，所以更多的人开始重视情商的培养。甚至有些人认为，情商高者得天下。

然而，又有一些人发现，情商到位，依然会失败，那么，成功的秘诀究竟是什么呢？这个时代，到底需要什么样的人呢？

其实，无论时代怎样变更，有一件事是亘古不变的，那就是：逆商越高的人，成功的机会越大。

02

逆商，是美国职业培训大师保罗·斯托茨提出的概念。它的英文全称是 Adversity Quotient，简称 AQ，指人面对挫折，摆脱困境和超越困难的能力。

如果有人能把古今中外脍炙人口的成功案例都拿出来细细研究一番，会发现，所有成功的人，或多或少都遇到过巨大的挫折。

而这些人真正吸引我们的，不是他们最终站在巅峰的得意自在，而是百折不挠的精神，用一句古话说，也就是凤凰涅槃。

我们之所以喜欢凤凰涅槃，是因为大多数人做不到，涅槃于我们而言，有一种独特的魅力。

所以，胡歌靠《琅琊榜》再次红遍大江南北，俞灏明靠《那年花开月正圆》再次进入人们的视线。

胡歌的演技自然有目共睹，但是，演技好的并不止他一个，为什么他会被这么多人推崇？

俞灏明在《那年花开月正圆》中的演技被人称道，只是因为他成功塑造了杜明礼吗？

他们真正令人佩服的，其实是超高的逆商。那种跌落谷底绝地反弹的成功，比顺风顺水的成功更令人着迷。

如果说情商是和他人相处的能力，那么逆商就是和自己相处的能力。

很多人能做到八面玲珑，却放不过自己，经受不住打击，就是因为逆商太低。

胡歌和俞灏明，作为知名演员，要从毁容的心理阴影中走出来，最重要的就是与自己对话。当一个人放过自己时，世界也就放过了他。

03

根据斯托茨的理论，人的逆商高低不同，主要会在四个方面有所区别。

1. 高逆商的人往往拥有很高的控制感

无论局面多么糟糕，高逆商的人总能透过一切消极因素，看到积极的一面，从中发现自己能掌控的点，坚信自己能控制局面，最终反败为胜。

而低逆商的人，往往在局面还没有太糟糕的时候，就认为一切都脱离了掌控，于是一蹶不振。

田忌赛马就是非常典型的透过消极因素看到有利条件并成功反败为胜的案例。

要知道，齐威王每一个等级的马都比田忌的好，而且在之前的比赛中，田忌屡战屡败。

在各方面条件处于劣势的情况下，孙膑能想出用上马对中马、中马对下马、下马对上马的策略，绝对不只是因为超高的智慧，而是因为他极高的控制感。

2. 高逆商的人更倾向于从自身找原因

有一只狐狸，在跨越篱笆的时候不小心滑了一下，幸好摔倒之前抓住了一株蔷薇，避免了鼻青脸肿。可是，它的脚却被蔷薇的刺扎伤了，流了很多血。

狐狸受了伤，埋怨蔷薇说：你太不应该了，我是向你求救，你怎么反而伤害我呢？

蔷薇道：狐狸啊，你错了，我的本性就带刺，你自己不小心，才被我刺到的啊。

很多人都像这只狐狸，遇到事情的时候，第一时间就是找别人的原因，却不曾想过摔倒的真正原因明明是自己不小心。

其实，更多时候，我们该做的不是指责，而是感谢蔷薇。

我们无法让蔷薇不长刺，却可以让自己走路的时候多看几眼脚下。

3. 高逆商的人不会延伸放大挫败感

项羽乌江自刎的故事人人皆知。千百年来，他都作为一个失败者的形象出现在文字记录中，究其原因，就是逆商低，遇到挫折就容易放大失败感。

要知道，他和刘邦的对决，一直是他占据上风。他只是败了一场，就放弃东山再起的机会。不得不说，逆商，有时候也会决定一个人的历史地位。

人活一辈子，怎么可能永远顺风顺水，如果人人都失败一次就要死要活、一蹶不振，那这个世界就要倒退到原始社会了。

4. 高逆商的人在逆境中拥有更高的忍耐力

越王数十年如一日，卧薪尝胆，最终一雪前耻。

爱迪生找到钨丝前，失败了数千次，最终给世界带来了光明。

历史上很多成就大事的人都经历过漫长的失落期，他们蛰伏着，充满希望地努力着、等待着，最终，得偿所愿。

04

近来，逆商从职场培训的范围中走出来，渐渐被人熟知和重视，越来越多的人开始意识到，这是一个拼逆商的时代。

逆商高的人，可以在瞬息万变的时代中做到我心岿然不动，最终取得成功。

那么，如何提高逆商值，突破自我瓶颈呢？

1. 勇敢面对挫败感，认真倾听自己的委屈

挫败感就像洪水，没人能在脑海中建立永不垮塌的堤坝。

当你有负面情绪的时候，不要试图对抗，不要觉得我怎么能有这种悲观的思想呢，不行，我一定要永远积极向上。

试着去理解、接受负面情绪，让它在你脑海中肆意泛滥一会儿，然后，你会发现，那种巨大的挫败感渐渐就流散了。

要知道，治理洪水最好的办法永远不是堵，而是疏通。

负面情绪没有那么可怕，勇敢地面对内心的脆弱。宣泄，才是治疗良方。

2. 及时记录下你当时的不满

很多人以为，负面的情绪是不值得记录的。其实，在极度痛苦之时记录下来是非常有必要的。

一来，我们可以通过文字找到宣泄的途径，用文字蕴藉心灵，总比做其他极端的事情好。有时候，也许还没写完，内心就得到了安宁。

记录更重要的好处，是因为很多人的情绪只是一时的，你此时以为是天大的事情，也许明天睡醒，看看纸上通篇的抱怨，不过芝麻绿豆而已。

下一次，再次遇到挫折，我们也可以把记录翻出来看看。原来以前遇到过更大的困难都走过来了，还怕什么呢？

3. 锁定事件影响范围

人生在世，我们扮演的角色众多，每个角色都有它的职能，很多角色之间其实是互不干预的。

如果你只是工作上遇到了困难，那没必要怀疑你作为一个称职的家人的能力，也没必要将工作中的怒气带回家，因为这样做只会造成恶性循环。

如果你生活中有了烦恼，也不要带到工作中。实在无心工作，可以请假，切勿带着不良的情绪工作。

4. 制定符合常理的目标

定几个小的、容易完成的目标。

有人要说了，有句话不是说“心有多大，舞台就有多大”吗？你怎么叫我要定小目标。

这话是不错，但是再坚强的人也经受不起无穷无尽的打击。

有的人做生意刚有点小成就，立刻就定了个赶超马云的计划，这不是自讨苦吃吗？

所以，定一个落地的、切合实际的目标，当你完成一个小目标时，让那小小的成就感推动你制定更大的目标，当你内心足够强大时，再去定一些有困难的目标。

5. 培养一个兴趣爱好

人总要有个爱好，这样，在心情郁闷的时候，转移一下注意力，也许有些困难，在你写字画画的时候，就已经解决了。

有时候，人紧盯着一件事，往往看不全面，思维一直处于紧张状态下。不如转移一下注意力，松一松弦，回头再看，也许就会豁然开朗。

6. 交一个乐观开朗的朋友

人说，近朱者赤。身边如果都是一些积极向上并且善于鼓励的人，当你要解决困难时，可能会更加容易些。

哈佛大学心理学家威廉·詹姆士通过调查研究发现，一个没有受激励的人，仅能发挥其能力的20%~30%。而当他受到激励后，所发挥的作用相当于激励前的3到4倍。

所以，找一个志同道合、能互相激励的朋友吧！

逆商不是先天形成，它可以通过后天的训练提高。

如今，逆商的重要性已经在渐渐赶超情商和智商。这个时代，已经不只是拼智商和情商了。更多时候，大家是在拼逆商。

希望每个人都能重视培养自己的逆商，成为人生长跑中笑到最后的那个人。

你的逆商，决定了你的人生高度

文 / 元宝

一、逆商，即逆境生存能力

一次和朋友小蕊远游，大巴车在荒郊野岭抛了锚，司机师傅说叫了车来接，但要等几个小时。车内瞬间怨声载道。

我的连载小说不能断更，这一天的还没有写完，所以当时就慌了神。

坐在我身边的小蕊还有策划案要交。她在跨国企业上班，还有很多重要的邮件需要当天回复。

她的 to do list 我看过，一长溜，但她当时毫无焦虑之色。

就在我六神无主的时候，小蕊已经从箱子里拿出笔记本电脑开始工作了。

她全神贯注地写完策划案，用手机打开共享热点，连上电脑的网络，把文件发送出去之后，开始一一回复邮件。

小蕊这种遇到困境时有条不紊的样子，给我留下了深刻的印象。

三个小时之后，接我们的车来了。五个小时之后，我们到了酒店。

到酒店时，我的小说已经更新，小蕊的策划案成功提交，所有的紧急邮件也都回复完毕了。

一切进展得超乎想象的顺利，这个结果令我感到惊讶和欣喜。

为什么在智商、情商、机遇、大环境都差不多的情况下，有的人就能够稳步前进，活得越来越精彩，而有的人却总是失败呢？

保罗·斯托茨给我们提供了答案，他说：“归根到底在于他们迎接挑战、克服困难的能力，即逆商的不同。”

保罗·斯托茨是美国著名学者、白宫知名商业顾问，他在著作《逆境智商：将障碍化为机会》中首次提出“逆商”这个概念。

他认为，逆商是衡量人们克服不顺境遇时的应对智力及应对能力的标准。

小蕊在面对突发状况时能够保持头脑清晰，不受环境干扰，高质量、高效率地完成工作，这体现的就是她的高逆商。

小蕊很喜欢丁玲说过的这句话：逆境是事业之路上的不速之客，对于一个有思想的人来说，没有一个地方是荒凉偏僻的，在任何逆境中，他都能充实自己。

二、靠高逆商绝地反击

高逆商的人不仅在日常频繁出现的小麻烦中能够应对自如，在遇到人生中的大困境时，依然能够保持冷静，怀揣希望。

因离婚风波跌入谷底的潘粤明凭借在《白夜追凶》里的炸裂演技大翻身，通告、戏邀不断。

红极一时的张韶涵，由于家庭丑闻无奈暂退娱乐圈。她经历过一段极其灰暗无望的日子，但很快便重整旗鼓，开公司办品牌。通过一个又一个节目渐渐回归荧屏，登上《歌手 2》的舞台，重新绽放光彩，为我们带来精彩绝伦的表演。

平昌冬奥会上，武大靖在短道速滑主客观因素交困的情况下，于逆战中两破世界纪录勇夺短道速滑500米冠军，令我们振奋不已。

他们能够绝地反击，靠的就是在逆境中的生存能力。

俗话说：**痛苦是性格的催化剂，强者遇之更强，弱者遇之更弱。**

那么，**困境便是人生的催化剂，高逆商者遇之愈发灿烂，低逆商者遇之愈发一败涂地。**

当今社会，大家在各自领域的学习能力都不差，出来摸爬滚打个几年，也都懂些人情世故，智商和情商的差距在不断缩小。

这时候，逆商的高低就成了最大的变量。

高逆商的人，拥有重新谱写人生的能力。他们不怕拿到一手烂牌，因为他们能够扭转乾坤。

罗曼·罗兰说：失败可以锻炼一般优秀的人物。它挑出一批心灵，把纯洁的和强壮的放在一边，使它们变得更纯洁、更强壮；但它同时让其余的心灵加速堕落，或是斩断它们飞跃的力量。

三、逆商因人而异

有一些人天生就拥有超高的逆商。世界超级小提琴家帕格尼尼，就是一个苦难的天才。

4岁时患麻疹和强直性昏厥症，差点儿丧命。7岁时患上严重肺炎、猩红热，大量放血治疗。46岁牙床长满浓疮，拔掉了所有牙齿。牙刚好，又染上眼疾，失去了光明。50岁之后，关节炎、肠道炎、喉癌，百病缠身，后来声带也坏了。

13岁起，他就过着流浪的生活，多次死里逃生。

可以说，命运给他出的难题实在太多了。

但他依然能够每天练琴 10 到 12 个小时，甚至忘记饥饿和死亡。

用独特的指法弓法和充满魔力的旋律创作出大量震惊世界的作品，令大仲马、巴尔扎克、肖邦、司汤达等众多文学艺术大师为之倾倒。

帕格尼尼在逆境中生存的能力，无疑是巨大的。而有些人的逆商是在身边人的提点下增长的。

梅西 11 岁的时候被查出发育荷尔蒙缺乏，骨骼增长受到阻碍，大大影响了他的身体发育。这对一心想成为足球运动员的梅西来说，无疑是给他的梦想判了死刑。

他拼命训练，锻炼体能，但是一年过去了仍旧没有一家俱乐部向他敞开大门。梅西决定向命运低头，停止了训练。

梅西的父亲对他说：人生是一场球赛，只有越过对方设置的一个个障碍，才能直逼对方大门。命运就在你的脚上。

之后，我们都看到了，梅西用他的脚证明了他的实力。

梅西说：“不要相信我能制造奇迹，但请相信我无谓逆境。”

法国女作家杜拉斯的小说《断水人》讲了这样一个故事。在法国东部的一个小镇上，一户住在铁路旁废弃车厢里的人家，因为长期拖欠水费，被自来水公司停了水。

独自在家的女人带着四岁和一岁半的孩子。天气炎热，她无法给孩子们洗澡，也没有水给孩子们喝。

做临时工的丈夫下班归来后，全家人离开了居住的车厢，走向不远处的铁轨，之后卧轨了。

可见，每个人在逆境中的生存能力是不同的。逆商的高低决定了你的人生会走向何处，也决定了你的人生能走到什么样的高度。

四、逆商高低决定人生高度

卡耐基说：人身处逆境时，适应环境的能力实在惊人。人可以忍受不幸，也可以战胜不幸，因为人有着惊人的潜力，只要立志发挥它，就一定能渡过难关。

然而，并不是所有人都激发出了这种潜力，激发的程度也因人而异。因此，逆境生存能力便有了高低之分。

你觉得考研太难，虽然知道自己的专业不考研没有出路，也不打算考了。

然后，随便找个差不多的简单工作做做，时刻担心会不会被新人或者被新科技所取代。

你觉得接下来的项目难度太大，领导都说你有能力可以尝试攻克一下，但你怕搞砸，就放弃了挑战。

放弃了一个可以提升自己的大好机会，等到你眼馋别人升职加薪的时候，也就只有后悔的份儿了。

你觉得自己毅力不行，也不再年轻，健身、读书、学习一门外语这样的事情已经干不了了，还是少折腾自己，过过平淡的日子吧。所以，你就早早地过上了复制粘贴般的生活，不甘又无奈。

这些都是低逆商者惯常的选择，他们往往认为“知难而退”是种智慧。

他们为自己失败的人生找到了一个华丽的借口，然后在低端的生活里挣扎，仰望别人的成功，自怨自艾。

开始就认输的人其实不多，大多数人都会兴致勃勃地接受挑战，但常常会在接连不断的打击中败下阵来。

频繁跳槽的人，在应聘新的岗位时，往往都是一腔热血、斗志满满的。按说这类人都是积极型人格，应该能把工作做得很好。

但事实并不是这样。做人事工作的朋友告诉我，虽然他们的智商和情商都不错，但由于在逆境中的承受能力太差，常常是一遇到麻烦的问题就当缩头乌龟。

等到问题积攒得多了，到了不能不解决的时候，就习惯性选择跳槽去绕过困境。

他们都渴望成功，都不想服输，总认为是自己时运不济，却忽略了问题的根源。

他们不断地更改目标，却不更改做事的方法。

面对困境时，低逆商者选择半途而废，高逆商者则会选择迎难而上。一个方法不行，就换一种方法，直到问题解决为止，这才是一个聪明人面对生活该有的姿态。

“松下电器”创始人、“经营之神”松下幸之助，幼时家境贫寒，只上了几年学，为了养家糊口到电器公司求职，但矮小瘦弱、又脏又破的他被人事主管婉拒道：“我们现在不缺人，你一个月之后再来看看吧。”

很多“聪明人”都知道其实这就是被拒了，看似另寻他路才是明智之举。

然而，执着的松下幸之助一个月后又去了，负责人再次推脱有事，一来二去，主管只好坦言道：“你这么脏，进不了我们公司。”

于是，他回去借钱买了一身像样的衣服穿上又去面试了。

主管说：“关于电器方面的知识，你知道得太少了，我们不能要你。”

两个月后，松下幸之助再次出现在主管面前。那时他已学会了很多电器方面的知识，他说：“您看我哪方面还不行，我一项项弥补。”

就这样，松下幸之助得到了这份来之不易的工作，开启了他在电器事业上的征程。

松下幸之助说：逆境给人宝贵的磨炼机会，只有经得起环境考验的人，才能算是真正的强者。自古以来的伟人，大多是抱着不屈不挠的精神，从逆境中挣扎奋斗过来的。

要知道，人打出生开始，每天就是在解决一个又一个问题中度过的。

饿了要找吃的，渴了要找喝的，生病了要治病，我们就是在满足需求、寻找幸福的道路上打怪升级，向着人生更高处迈进的。

也许有一些坎儿用尽一切方法都过不去，那也没关系，你用全力试过了所有的方法，这种尝试本身就是向人生高处迈进的驱动力。

越挫越勇，是高逆商者具有的思维习惯和行为方式。

巴尔扎克说：“逆运不就是性格的试金石吗？”

是的，逆运不仅是性格的试金石，也是人生的试金石。

你的逆境生存能力在哪一层，你过的便是哪一层的生活。

五、高逆商者不会颂扬苦难

东方卫视《中国达人秀》节目现场，刘伟用脚弹琴，他说：“我觉得在我的人生中只有两条路：要么赶紧死，要么精彩地活着。”

面对苦难，我们只是在做选择题，选择被它打败，或者选择打败它。

我们一直认为，是苦难造就了天才。

其实没有谁造就谁，天才只不过是打败了一个又一个苦难才成为了成功者。而失败者被第一个苦难就打败了，因而没有机会遇到更多的苦难罢了。

丘吉尔说：“能克服困难的人，可使困难化为良机。”

不要错失人生中的任何机会，要时刻记得被广泛传播的这句话：任何寻求安慰的行为都不会让你成长。宿醉、旅行、痛哭流涕，甚至和朋友促膝长谈，都只是让你自己感觉安全、良好而已。

身边的一切困难都常常让我们感到深深的无助，让我们可以随时随地找借口来获得片刻的安稳和内心的舒适。

但我们时刻要保持清醒，要知道只有盯住眼前的困难，专心致志地去解决它，你才能过上期望中的生活。

这是一个拼逆商的时代。

低逆商的人，做事浅尝辄止，一番争取之后便偃旗息鼓，或一陷入困境就心怀恐惧，绕着问题走，一生碌碌无为。

高逆商的人，面对逆境，能充分调动自己的能力和潜力来应对困难局面，最终大有作为。

成大事者，逆商比情商更重要。

你的逆商，决定了你的格局，更决定了你的人生高度。

Part 3

第三章

你的自律终会让人望尘莫及

顶级的自律，并不是在短期内野蛮生长，而是在长期内计划合理、作息规律，让你的成长适度、从容、可持续。

为什么自律一段时间会被打回原形

文 / 彩红

01

我们总会惊羡那些高度自律的人。

他们每天早上五点左右起床，在他人熟睡之际就做了很多的事。

他们固定时间段健身，多年来保持着或优雅或刚健的身材，有深深的马甲线和八块腹肌。

他们能够坚持做一些看似枯燥的事情，完成一些看似不可能完成的任务，全身心投入，从不放弃，直到有一天有所建树。

他们就像被罩上了一层光环，令很多人自愧弗如，一笑了之。

当然，也有不少人看到那些自律的人过成什么样子，奋起直追。

叶子就是其中一位。平时，叶子总觉得自己挤不出时间锻炼身体。她听说好友美美通过坚持跑步，一年的时间从 140 斤减到 100 斤，惊奇之余又给自己的瘦身计划平添了很多信心。

她给自己制订了计划，每天下班后坚持到公园跑上两圈，一星期至少跑五次。

开始，叶子真的很用心，专门买了一双跑鞋，还配了耳塞，跑步时听听音乐。

但坚持了不到一个月，叶子就明显动力不足，一上秤发现自己也未瘦下来多少。

叶子想着也许还是少吃零食减肥效果更好，长期跑步又累见效又慢，不一定适合自己。

很快，叶子就心安理得地恢复到以往的状态。

自律一段时间被打回原形，这种由他人刺激而引起的冲动一般是三分钟热度。一个人本身缺乏强烈的动机，于他而言，坚持就是一种自我消耗和对抗。

人，还是要回归自己的。当一个人基于父母、恩师的厚望去考研、做某一份自己并不想做的工作，大多的结果是，不仅委屈了自己，也辜负了他们的期望。

02

和好友聊天，我说准备练瑜伽锻炼一下身体，瑜伽垫买了好多天还未拆封。

好友说，她买了跳绳，一直放着，还未动。

真是我好友，不让我陷入一个人的尴尬。

明知锻炼很重要，为什么不开始呢？理由很多，今天还有好多事要做，哪有时间？有些累，算了吧。有些冷，改天再说。

即使有一千个理由好不容易开始了，总会有一千零一个理由放弃自己的原计划。

不锻炼会受惩罚的。由于长期低头作业，加上睡姿问题，落枕的我，脖子一动就疼，只能转着眼睛看人，还牵扯到头疼，这滋味想哭。

医生说，你们这些年轻人，低头族太多了，平常练练颈椎运动，工作一段时间歇一歇，有好处。不要等到身体不舒服了，才醒悟自己忽视了锻炼。

人的本能行动有两大来源，一是追求快乐，二是逃避痛苦。逃避痛苦的本能往往更强于追求快乐。

如果一个人每月开支有限，让他拿出500元去看电影、听音乐会、到优美的景点去玩，他是很想去，但觉得可以等。

如果他牙疼，他就不会过多考虑，只要能止疼，他马上就会行动。

这也可用来解释一些营销人员说他们的产品有多么好，消费者很少埋单，而如果可解决消费者哪一类的难题却销量可观。

自律一段时间被打回原形，那是因为我们还未品尝到原形带来的深深困扰和不快；改变现状还未强烈到必须得变，否则会痛苦不堪的地步。

“痛则思变，变则达”，但等到痛了时再改变，你早已付出了或多或少的代价，早睡、健身，自律越早开始，越受益。

03

再来说自律，其实，它本身并不靠谱。自律需要你用强大的意志力去坚持做一件事情，但这个过程会消耗一个人极大的能量。

自律是有极限的，而且根据人脑的进化来看，保持惯性力量的大脑边缘系统已有数万年，而人类用于自律的大脑灰质额叶仅有几千年的历史。

自律想对抗惯性，显然很难。

有的人十年寒窗考上了大学，心想着熬了那么长时间总算该放松放松了。于是，他们大学处于放纵的状态。

这是一种道德许可，潜台词是："我已经付出那么多努力了，放松一下有什么不对？"

所以，我们可以看到一些人好容易通过自律取得了小成果，但很快就堕落得一塌糊涂。

文雪，一般是晚睡晚起。为了成为早起者，她不管晚上睡多晚，每天早上听到五点的闹铃，虽然很困，也强迫自己从床上挣脱下来，持续地坚持着。

很困很累的文雪，工作效率很低。她又不想放弃早起计划，甚至因想到放弃早起而产生过深深的负罪感。

终于，坚持了一段时间，她实在扛不住了，又回到以前作息，她感觉很舒适。

如果一个人自律一段时间被打回原形，是可以理解的，他要不断地和自己的惰性抗争，不断强迫自己坚持下去，太累、太辛苦了。

回到原形，他会感到前所未有的放松，也不愿再次尝试做出改变。

04

如何才能长久地坚持做一件想做的事情呢？

1. 一定要愿望非常强烈，是自己本能性地想要达成一个目标，不受任何人的影响，而且不给自己留任何退路

当你随便想想某件事情，大脑也是司空见惯了。但当你想做某件事情强烈到极致时，大脑会注意到你发出的指令，并优先处理。

一个人的内向驱动力至关重要。那代表了他的个人意愿，不受任何人左右。

他清楚地知道自己做一件事情是为了什么，也充分了解可能要面对的各种风险和困难，仍然义无反顾去坚持、去做。

哪怕最终达不到自己的预期，他也问心无愧。

对于他来说，努力过、争取过，便是释然。他沉浸于一件事情的满足感大于付出感。

选择越多，人越容易纠结。不如根据自己的实际情况选择一条路，扎实地积累沉淀。有时没有退路，反而能激发出一个人的无穷的潜能。

2. 循序渐进地拉伸自己走出舒适区

在《刻意练习》中，作者提出了稳态原理，说明了人类超强的适应能力。

一个人总是用手提重物，他的手上会长出厚厚的茧子；

一个人经常跑步，他可以相对不费劲地跑 8000 米；

一个人经常练习高抬腿，他能够抬得越来越高；

一个人经常读深奥的书籍，他能轻松读他人觉得很枯燥的书；

一个人经常练钢琴，他能记住很多的谱子并弹奏出来。

如果我们坚持做一些稍微有挑战的事情，由于人的身体和大脑有一种偏爱稳定的倾向，它们就会自身做出调整适应我们，以便回到原态，保持舒适感。

身体越锻炼越有韧性，大脑越思考越灵活，我们比自己想象的更有开发的潜力。不要担心自己做不到，先从一点点做起。

3. 不断地量化自己的目标和进度，进行自我反馈，设置适当奖励

将比较复杂的任务拆分成一个个小目标，小目标稍微有一点难度，但在合理的时间内能够相对轻松做好。

每完成一个小目标就距实现自己的重要任务近了一些，这会让我们充满信心和小成就感。

拆解任务，达成一个个小目标，并且按照进度选择合适的时间段进行，会让你有条不紊地做事，而且你享受自己的每一份进步，这也是一种乐趣。

当我们能够清楚地了解自己的进度，就有了一种对于任务的整体掌控感，可以免于焦躁和恐慌。

我们可以给自己设置奖励，如果实现一个目标，可以吃顿大餐、去旅游、买件漂亮的衣服，这都会激发我们做事情的动力。

4. 将自己想要坚持的事情，固化成我们的习惯

想早起、想锻炼、想阅读、想提升自己，就要坚持去做，每天都去做一些，每天都取得小小的改观。

终于有一天，你会发现，以前你觉得很难做到的事情，自己已经做到。

通常，我们认为一个人的成功应该和他超常的自律有关。然而，有研究表明，人类行为只有 5% 是受自我意识支配的，95% 是自动反应或应激反应，即习惯的。

不管成功与否，我们的现状都源于习惯的力量。

基于此，我们就应该不断强化有助于达成目标的行动，让它们成为一种习惯。

习惯一经养成，无须刻意去想、去做，都已成自然，看起来毫不费力。

自律一段时间被打回原形，你忽略了重要的一点：自身非常强烈想要实现一个目标，并把一系列有些挑战性的行动固化成自然的习惯。

世界正在偷偷惩罚，那些提前透支身体的人

文 / 麦芽余鱼

01

前段时间，“中年 + 保温杯”的段子席卷网络，在有些人眼里，这是老年人的标配。但是，在经历过病痛和死亡折磨的人眼里，这是保护生命的必备。

曾在网上看过一句话：只有病痛和死亡才是最好的鸡汤。

早几年看到的话，我一定也会如很多凌晨一两点依然活跃在线的熬夜党一样，对此嗤之以鼻。因为，生命在于运动，睡觉休息之类的事简直是在浪费生命。

但是，当尚年纪轻轻的我遭受到病魔的猛烈袭击之后，我再也不敢对拿健康换时间、拿身体换金钱这样的想法掉以轻心。

那是 2004 年，我刚考上大学，一切都是那么美好如斯。刚刚脱离了高中三年的管束，我的生活开进了自由自在的逍遥市场。

虽然，课业还是很重，但是我们一群刚入学的新生乐意利用一切休闲时间，娱乐至死。

网吧是第一首选，那时网游很畅销，很多人都沉迷其中，从未玩过网游的我自然好奇万分，并在朋友的带领下进入了无拘无束的游戏世界。

一天课程下来，最让人期待的不是休息放松，而是相约打怪，经常从下午六七点开始直到晚上九十点。遇到节假日，熬夜刷机是常事。

一晚上不睡，第二天头脑昏沉，皮肤上油腻不堪，但依然阻挡不了疯狂游戏的冲动。反正，熬一晚，第二天睡上一觉就能恢复过来，再不济，多吃几口饭，把流失的营养重新补回。

大二的时候，宿舍里配备了电脑，游戏玩腻了就刷电视剧。一部正热播的电视剧一集一集地追，不到晚上 12 点，根本舍不得从屏幕前移开眼睛。

有时为了追更新，凌晨三四点还在刷手机。凌晨五点六点迷糊一阵子，到了七八点就正式起床准备上课。

在外唱 K 吃饭玩乐到很晚，被做生意的阿姨叔叔满眼羡慕年轻人可真是精力旺盛时，也没有一丁点儿触动。

因为，就是年轻啊，身体好啊，怎么玩怎么熬都没有事，所以，对那些陈词滥调的感慨和唏嘘不屑一顾。年轻，就是本钱，且深信不疑。

所以，偶然看到新闻上播报某年轻有为的才干却突发疾病撒手人寰，或是，都市白领熬夜加班猛然猝死的新闻，也只会惊叹一声，年纪轻轻就被病魔袭倒，多么让人可惜的人生啊。

却从来不会去想，像我一样年轻有力的身体，怎么会被病魔和死神突然袭击。

02

直到，我也被病痛笼罩。

长期的熬夜费神和三餐不继，我得了很严重的胃病和皮肤病，还因神经衰弱患上了失眠症。

以前是精力充沛的熬夜不睡觉，后来变成了整夜整夜失眠睡不着。即使用超时的锻炼把自己的身体搞得筋疲力尽，一到晚上还是夜不能寐。

没有失眠过的人根本无法想象，睁着眼睛看着天色一点点明亮是怎样的一种煎熬和挣扎。

失眠是前奏，紧接着我的胃部开始作祟，胀气、胃痉挛的时候，连呼吸都带着疼痛。

不仅如此，我的脸还变成了痘痘的发源地，一颗颗发红发紫的毒痘在我的脸上肆意开花。最多的时候，从鼻翼两侧到整个脸颊；最大的时候，就像个脓包一样横在脸上。

那种感觉糟糕透了，我就像个异形一样难以见人。为了医治身体的不适，我辗转多家医院，挂号多个医生。

可身体上的顽疾就像大自然对破坏者的全面报复，歇斯底里且毫不留情。

有人安慰我说，你还年轻，身体正处在最佳状态，这些症状只要过一段时间自然就会消失，不要着急。

以前听到对于“年轻”的褒奖，我会觉得理所应当且充分享受年轻带来的肆意妄为和不顾后果。但是，饱受病痛折磨的我，深刻认识到“年轻就是任性的资本”这句话完全就是个谬论。

年轻不是资本，健康才是；年轻也不是值得炫耀的谈资，健康的生活方式才是。在病痛和死亡面前，年轻不堪一击。

那时，尚不知有一个词语叫“透支”，意味着可以提前付出一些代价来换取现在的逍遥。

后来，才明白，凡是透支带来的东西，都要两倍三倍甚至更多的代价去返还。金钱如此，生命亦如此。

我花了整整三年时间，才终于让自己稍微好过一些，并且常年药不离身，不能久坐、不能吃辣、不能熬夜，畏寒且血气不足。

我们以为仗着年轻又精力十足便可以任意消耗的身体，其实是拿后面的健康在交换，消耗越快，交换越快。

突然有一天，交换的资本变成了零，生命的指标便会戛然而止，新闻上会再次出现年轻人暴病的新闻。不过，那再不是别人，而是正在忍受的你自己。

没有一个通宵达旦的快乐和成就，能比得上身体的舒适和惬意；没有一个需要打倒和战胜的敌人，能比得上病魔的突然袭击；没有一个值得拿生命做豪赌的打拼与卖力，能比得上拥有健康的体质和足够的时间去慢慢游历和体验生活的处处惊喜。

03

2015年的时候，我去医院看望生病住院的朋友，正路过一间病房，突然听到一声撕心裂肺的哭喊，接着变成了绵延不绝的号啕大哭。

房门半开着，里面的病床上坐着一个看起来不过二十出头的姑娘，穿着病号服，在家人的肩膀上泣不成声。断断续续的哭声里，夹杂着“乳腺癌”三个惊心动魄的字眼。

不知道那又是怎样一个艰难诛心的故事，姑娘的哭声回荡在嘈杂的医院里，震得人心跳加速，喉咙发紧。

住院的朋友也是乳腺上出了问题，不规律的作息导致郁气节点，简单的小手术，万幸不严重。

从医院出来的时候，恍惚觉得，背后充满刺鼻药水的医院，与眼前热闹喧哗的街市是两个泾渭分明的世界。虽同在一片蓝天下，一个在人世，另一个仿佛已在异界。

2016 年，因工作原因，我认识了一个各方面能力都超群的前辈，她是公司优秀员工的代表，是常常被推举到台前做励志故事分享的女强人。

四十不到的年纪，无论是兼顾家庭还是事业打拼，她灼目得让人钦佩。只是，不到一年时间，她便急流勇退，从灯火辉煌的人前退到了灯光暗淡的幕后。

后来谈及原因，她才说道：是身体熬不住了。

工作的高压之下，她每天恨不得生出三头六臂，齐齐上阵忙工作、赶业绩，只为了把手头上的活多做一点、再做一点。

她顾不上按时吃饭、顾不上喝水润喉、顾不上上卫生间，总是忍着、撑着、憋着，想着身体还年轻，还能干得动，小小的不适并不会对生活造成多大影响。

然后，短短几个月的时间，那些不适就慢慢滚成了疼痛的雪球。实在抗不过去了，她抽空去了趟医院，得出的结果是：胆结石加膀胱炎，严重到需要住院治疗。

从那以后，她便开始重新审视自己的生活。

她还年轻，还有很多未做的事情要做，还有老公孩子和父母要陪伴照顾，还有无数的新奇和乐趣在未知的以后要去体验。

她怎么可以提前倒下去。病痛加快了生命的进度条，她需要及时按下暂停键，为生命延长时间。

04

在网上看到一个帖子，说是癌症的诱发原理只需四步：轻度疲劳——深度疲劳——重要脏器内部变异——诱发癌变。

工作压力大、作息不规律，熬夜玩嗨、呵欠满天，以为补偿一下睡眠、补偿一顿美食、吃吃药片、挂点吊针，然后做个深呼吸，病魔就会从嘴里跑出去吗？

不会的！它会从你的表皮一点点渗入五脏六腑，然后将你的器官和肌肉慢慢腐蚀，让你从没精神到没力气，从困乏疲惫到全身瘫软，从食欲减退到难以下咽，从站不起来到坐不起来。

所以，当层出不穷的新闻热点爆出“癌症”“白血病”“猝死”等字眼开始与更年轻的人挂上钩的时候，我们真的应该好好反省一下，思考健康与生命的终极关系。

每一个提前截取都是一次提前透支，当你的身体感到费力和不适的时候，好好与它畅谈一次，是不是该让它有个轻松的步调，走好下半生。

现今，还没过三十大关的我，是个常年抱着保温杯，里面还要加上几颗红枣补气宁神的青年人。

在我常常向更年长的同事们讨教养生之道的时候，比我年幼的后辈们总会过来调侃一下，明明身体还未老却偏要过得像个老年人一样。

对此，我只是抱着我的保温杯，穿着保暖的衣服，告诉她们：我是在保护我的生命。

年轻人，换一种更加规律和适度的生活方式，不是在提前步入老年，而是让老年来得更慢一些，让生命的进度条不要走得那么快、那么急。

不熬夜，才是你顶级的自律

文 / 温暖小武

01

朋友跟我说，他们公司的徐总生病了。

33 岁，年轻有为，却得了晚期肝癌。

徐总是个很自律的人。

他每天都要喝着黑咖啡，熬夜加班。从年初，忙到年底，节假日都不休息。

工作之外，他还制订了特别详细的学习计划，把目标分解落实到每一天。

所以，他的日程表排得密密麻麻，内容多得让人焦虑。

他非常认真，不完成当天的任务绝对不睡觉。

因此，他每天晚上都会熬得满眼血丝，凌晨三点左右才休息，有时甚至更迟。

他经常跟员工说："成功，取决于你在八小时之外的努力，所以年轻人一定要自律。"

徐总的说法当然很励志。可是，他忘记了一点：自律的正确姿势，是抓住努力时的每一分钟，而不是抓住每一分钟去努力，最后拖垮了身体。

虽然，自律是有成效的，你的时间投入在哪里，回报就在哪里。

但是，我们不能只盯着可见的事业收益，却忘了隐形的健康成本，埋着头，拼着命，只顾往前冲。

人生不是短途跑，而是马拉松。如果你在半路上就耗尽了所有能量，那最后的荣耀也将遥不可及。

自律，是你得到成功的保证；而健康，才是你享受成功的前提。

徐总现在明白了这一点，但悔之晚矣。

拥有健康的时候，你未必懂得珍惜；失去的时候，才会恍然惊觉，它是多么可贵。

很多优秀的人，都像徐总这样，严于律己，疯狂打拼，仗着年轻力壮，不顾惜身体。

可是，如果有那么一天，你站到了生命的边缘，而漆黑冷酷的死亡就像悬崖下的深渊展现在脚底，那时你就会发现，曾经执着的一切都是浮云，都是空虚。唯有健康，才是最实在的硬道理。

能保证健康的自律，才是最好的自律。

所以，顶级的自律，并不是拼尽全力，而是节制自己。

顶级的自律，并不是在短期内野蛮生长，而是在长期内计划合理、作息规律，让你的成长适度、从容、可持续。

在生活中，要懂得适可而止，量力而行。工作的时候，好好工作；该睡的时候，欣然休息。

莎士比亚曾说："舒服的睡眠，才是大自然给人的温柔护理。"

02

有些人熬夜，是因为太勤奋，非常严格地要求自己。

而有些人不睡，则是因为白天没做出什么成绩。

网上曾经流行这样一句话：我们熬夜工作，不是因为晚上有灵感，而是因为白天的碌碌无为引发了愧疚感。

想想看，很多人正是如此。

白天，刷刷微博，看看视频，逛逛淘宝，在朋友圈点赞评论，再跟别人聊上几句。

东摸摸，西忙忙，一天的时光就在浑浑噩噩之中飞快地过去了。

夜深的时候，回顾这一天，都不知道自己做了什么，也不清楚时间都去了哪里。

于是，你就想要弥补，熬夜多做几件事，好告诉自己："我今天没有虚度时光。"

但是，越晚睡，第二天就越没精打采，越可能一事无成，到了晚上就会更愧疚、更难过，形成恶性循环。

所以，在熬夜这件事情上，你一定要自律。

《少有人走的路》里有这样一句话："自律，是消除人生痛苦的重要手段，是解决人生问题的首要工具。"

那么，如何养成自律的习惯，不再晚睡呢？

· 你可以设定闹钟，在固定的时间，提醒自己去睡觉，形成生物钟规律。

·你也可以使用记录工具，记载自律的成果。

比如，用 APP 或者小程序。早睡一次，就打卡一次，会很有仪式感和成就感。

·为了早点睡，不妨制订合理的作息计划，并且定期做回顾、总结和分析。

·还可以把你的计划告诉亲朋好友，让他们来监督，给你一定的压力。

·最后，如果计划执行顺利，不再熬夜了，就给自己一些小奖励。

人的行为，是有惯性的。

如果你不停强化和巩固早睡的行为，就会对自己更有掌控能力，让生活走上合理的轨道。和熬夜的习惯“断舍离”，才能好好享受睡眠。

要知道，人生有三分之一的时间是在梦乡中度过。睡眠，可谓人生的重头戏。

在最重要的事情上能够自律，当然最牛气。就像萧伯纳说过的那样：“自我控制，是最强者的本能。”

如果你能自我控制，不熬夜，一方面，在心理上，可以让自己更有毅力；另一方面，在生理上，也可以强化你的大脑组织。

麦格尼格尔是斯坦福大学的教授，她在《自控力》一书中告诉我们：如果你睡眠充足，就能让大脑的前额皮质补充能量。而前额皮质是负责管理意志力的，这个区域一旦得到能量，就会帮助你极其出色地自律。

所以，自律让我们不熬夜；而不熬夜，又能得到极好的自律能力。

在这个良性循环中，越来越自律的你就会感到令人欣喜的变化：

睡眠好了，皮肤变得红润，精力充沛，工作顺利，心态也越来越积极。

生命中的一切，渐入佳境，日新月异。

03

每次一说到“自律”这个词，我们总会想到一些很鸡血的场面：某个威猛帅哥，严格执行着肌肉训练计划，在健身房里舞动着各种器械，脸色坚毅，挥汗如雨；某个白领丽人，雷厉风行，几天几夜不眠不休，飞越城市，飞越时区，拿下一个又一个客户，敲定一单又一单生意。

可是，自律并不只是激情澎湃地锻炼，也不只是热情洋溢地工作。

顶级的自律，潜移默化地渗透在生活当中，让你在那些最平静、最朴实的小细节里，约束自己，要求自己。

曾有这样一个流传很广的故事：

有一个人问禅师：“你可有什么与众不同的地方？”

“有，我饿的时候就吃饭，困的时候就睡觉。”

“这算什么与众不同？众人皆如此，并无分别。”

“当然有分别。他人在吃饭之时，总是千般思虑，不专心吃饭；睡觉之前，总是万般求索，不愿意安眠。而我该吃饭时便吃饭，该睡觉时便睡觉，自然与众不同。”

在这个世界上，最简单的才是最难做到的。

饮食有节，起居有常，看似平凡小事，能够天天执行，却是很不容易。

简单的事情重复做，重复的事情用心做，一直持续，就是最了不起的。

顶级的自律，就是日积月累、细水长流，在每一个平常的日子里，善待自己。

无论你有多忙碌、多成功，保重身体，都是最重要的法则；保持健康，都是最长远的课题。

哪怕你的人生再叱咤风云，万一风云突变，健康出了问题，到了那时，一切都已经没有意义。

所以，白天，既然已经竭尽全力，到了晚上，就早早安歇，好好休息。

夜深人静的时候，关掉电脑和手机，喝一点儿温热的牛奶，或者沏一杯安神的薰衣草、茉莉花，泡泡脚，冥想静思，深呼吸。然后，尽量在十一点之前进入梦乡，为明天积攒元气，为未来储蓄健康。

健康，才是人生的最大财富，是你自律的最高目的。

最卓越的努力，不是透支能量、悬梁刺股，而是保存实力、养精蓄锐。

最顶级的自律，不是消耗自己，而是滋养自己。

冯仑说过："伟大不是管理别人，而是管理自己。"

而管理自己的第一要务，就是管理你的身体。

不熬夜，才是你顶级的自律。

你的自律终会让人望尘莫及

文 / 温姬拉

01

第一次被带到星巴克工作是两年前。

那时，公司几个部门去上海布展和采写。

住的酒店房间很闷，网络很差，稿件的采写、编辑、推送无法有效完成。

各部门分住不同楼层，开会也不方便。

下午 4 点，日计划一半都没完成。

同事们都说客观环境所致，申请推迟更新网站。

上司 L 一拍板：必须今天完成。小 C，你查查最近的咖啡馆，咱去那工作。

一行 5 人，带着 5 台笔记本，去到星巴克。

不知是环境改变的刺激，还是咖啡的提神，抑或自掏腰包的压力，到晚上 7 点，我们就完成并推送当天 8 篇稿件——同行媒体中更新最快，内容最丰富。之后几天，我们都在咖啡馆工作。

不得不对上司 L 多一份敬佩。

L 是个很守时很规律的人，每天 8 点半前到公司。

我们才到公司，他已经完成部门日工作计划，并准备好会议内容。

下午 4 点多，他基本完成所有工作，会询问我们的工作进度，查漏补缺，处理问题。

在上海那个星期，即使客观环境变差，也不影响他达成目标。他依旧早早起床工作，做好计划和应变。

最后一天，部门没有工作任务。

吃早餐时遇到 L，L 先生依旧捧着笔记本在工作，旁边是用餐后的碗碟。

没工作怎么不休息一下？

L 说：习惯早起写计划了。

“幸好这几天您带我们去咖啡馆，不然工作恐怕很难完成。”

L 笑了，说我的心态需要纠正：“没有咖啡馆，也要想办法完成任务呀。不能只感慨客观环境的改变，还要养成做计划和应对的习惯。不怕，你慢慢来吧。”

原来早起写计划是习惯，原来想办法达成目标、处理任务是习惯。

这个习惯 L 先生一如既往坚持了 5 年。这种良性习惯的坚持，叫自律。

难怪，他的计划和执行里没有意外，只有变换形式的应对。

L 这种习惯经过 5 年的日积月累，终于让我们望尘莫及——不仅是高出我们数倍的工资，还有高我们数段的能力。

02

小说家严歌苓在接受某报刊采访时，被问到作品高产的原因。

她坦言：每天坚持写作两个小时。

哪怕是去旅行，也会写作。

因为旅行带着电脑，常常需要找能坐下的地方写字，朋友们在讨论下一个景点去哪里时，她关心下一个地方远不远？能否及时到达？会不会影响今天写作？

坐车时，别人都在看风景，她在写字。这影响了同行朋友的心情。

朋友问她：不写会死吗？

她苦笑说：不写会死。

严歌苓觉得写作是发自内心的一种欲望，不写的话，就好比一天里缺了一顿饭或一个觉。

此后，约她去旅行的朋友少了，而敢约她去旅行的，必然习惯旅途中也带着写作欲望的她。

除了从不间断的每天写作两个小时，她还保持着长跑的习惯。

尽管年过50，她依旧身材窈窕、面庞清秀，保有旺盛的创作力。

这种近乎苛求的自律，让她几乎三四个月就能出一本小说，这种产量让她自己都惊讶。

害怕因为太快完成，被人质疑内容质量，她不得不把完成的小说“压一压”，几个月后再给出版社。

她的作品产量和质量成正比，大量作品被名导演相中，改编成影视作品，搬上银幕。

甚至，很多作品还没完成，就有著名影视人买下版权。

从 1979 年发表处女作小说《七个战士和一个零》以来，迄今共创作了 22 部长篇小说，24 部中短篇小说（其中的英语版本多是她个人再创作，而不是翻译），还有其他无数剧本和散文……

她获得的荣誉数不胜数：美国哥伦比亚艺术学院最佳实验小说奖，香港亚洲周刊小说奖，台湾洪醒夫文学奖，亚太国际电影节最佳编剧奖……

这些金字塔顶端的光芒，累积于一个作家每天两个小时写作的坚持，源于“不写会死”的强大自律。

03

热爱长跑的还有另一个作家——村上春树。

他的自律和他畅销的作品一样出名。

每天跑 10 公里是他的习惯——不光在东京跑步，村上春树到世界上的任何地方都坚持跑步，就好像吃饭睡觉一样稀松平常，但又不可缺失。

这种良好习惯的养成源于他对早期生活状况的不满——无高挑身材，无健壮体魄，无出色外表，还有贫穷需要摆脱。

他认为，只有通过跑步才能感到世界变化。跑步的勇气不是别人给予的，而是某天沿着马路就跑起来，然后就坚持下来。

当他选择做一名小说家，也不是别人劝说的，而是出于喜欢才做出这样的决定。

他在《当我谈跑步时我谈些什么》中说过：不管全世界所有人怎么说，我都认为自己的感受才是正确的。无论别人怎么看，我绝不打乱自己的节奏。

这是对自律最好的诠释。

也是他作品一直畅销的原因——他作品里的主人公总是固执地在寻找一些东西，告别一些什么，丢失一些什么，但那些固执的少年从不在意外界的眼光，从不停止探索的步伐。

这种固执的魅力，不仅给他带来良好的经济收入，让他从“贫穷的三角芝士”里走出来，也为他带来世界范围的读者。

04

去往 Q 市跑马拉松时，遇到一个女孩。

饭桌上她给我看了半年前她的照片，一身黑色运动服，戴着眼镜，足足有 120 斤的身体使得她的笑容也显得敦厚，分辨不出是 20 岁的纯真还是 30 岁的宽和。

现在，女孩穿白蕾丝上衣、黑牛仔裤，整个人挺拔美丽，很难把她和照片里的人联系起来。

她说，一开始跑步累到想死，好在坚持了下来。半个月后，就习惯了。每天下班去跑 10 公里，半年瘦了 20 斤，她也因跑步喜爱上马拉松。

一开始难吗?

难!

但当这种习惯成为肌肉记忆——一下班就忍不住去跑动，一旦不跑就不习惯，就没那么难了。

当一切变得如每天要吃饭、起床要喝一杯水那么容易，一切就会变得简单。

这种自律有什么好处呢？

女孩说，以前下班纠结老半天，不知是去逛街还是看书，也不知去哪里吃饭。

现在下班就跑步的习惯，填补了那段空白时间，也减少了她的纠结和决策疲劳。

更惊喜的是，半年里她跑了两次半马，认识很多志同道合的朋友，改变了她的精神状态。以往她觉得生活就这样了，现在她认为自己值得更好的，也有能力去追求。

这种积极的自我暗示减少了她工作的疲劳，让她对生活也多了份热情和目标感。

道别前，女孩跟我分享她今年的目标：4 个月练出马甲线，拍一套写真作为生日礼物。

嗯，是的，女孩目标感越来越具体，执行力也越来越强。

“每天下班后跑步”的自律让她比原来多了几分淡定。

这个淡定，把她从纠结去哪间餐馆、去哪里逛街的琐碎生活里拉出来，也拉开了与还在纠结的人之间的差距。

其实，这种选择的余地、这种坚信能抵达美好的信念、这种对人生的掌控感，都是从自律开始的。很多人知道，但很少人做到。

所以，还在默默坚持的你，还在努力达成的你，千万别放弃。成功的路上并不拥挤，你只管努力，剩下的交给时间——它会淘汰那些停下来的人，这是最公平的。

总有一天，你的日积月累，会变成他人的望尘莫及。

你的身材，就是你的阶层

文 / 霍辉

人与人拼到最后，拼的其实就是身体。

身材是身体的名片和广告。身材好，就是一种实力。

这是个以貌取人的时代，没人有义务花时间透过你臃肿的身材去发现你优秀的内心。

你的身材，就是你的名片。它能折射出你内在的品质、性格、习惯……千万别因身材让人看低了你的层次。

01

这是一个看身材的时代

去年曾有一条新闻：上海某著名小学招新生，面试家长，看家长身材，肥胖的不要。

这条新闻一出，顿时家长们炸了锅。有赞同此举的家长留言：

“我觉得非常好，肥胖的人自我管理能力差，还怪小孩不听话。”

“我觉得太赞了，自我管理能力低下的家长肯定无力配合超一流的教育啊。老外的私立学校也很严格，有钱都能进的你愿意往里挤吗？”

“我觉得看家长身材肥胖是可以反映出一些问题的，首先肥胖不是短时间形成的，应该是长期不注意饮食和运动造成的。”

“家长连自己都没管好，你相信他们会管好孩子吗？自己都没有信心去坚持的东西，还能指望他们鼓励孩子去坚持？”

“教育孩子最好的方法是让自己变得优秀，给孩子做榜样。如果想让你的孩子成为你想象中的那个人，那么，你先成为那个人吧……”

这个社会对胖子太残忍了——找对象时被嫌弃，找工作时受歧视，好不容易找到对象结婚生子了吧，没想到身材还能影响下一代的教育。

果然，这是个看身材的时代。

如果你是胖子，孩子都要被你拖累。

02

身材好，也是一种实力

一个人的身材，25 岁以前，是爹妈给的；25 岁之后，是自己修的。

能管好自己身材的人，往往能管理好自己的生活和工作。反之，臃肿的身材背后，可能是一团乱糟糟的生活。

我们公司副总裁，来自法国的欧总，就是个身材超棒的高富帅。不过，是个 50 多岁的老帅哥。

他每天早上 5 点半起床，然后去操场跑步。有一段时间要参加“汉马”——武汉马拉松赛，更是加大了训练量。

欧总管理着公司最重要也是最忙碌的制造领域，每天提前半小时上班，还经常出差。别看他一把年纪了，可每天精力旺盛得像个小伙子。

的确，当领导要讲资历、论能力，但更要拼体力。经常的出差，坐飞机、坐火车，不规律的作息，没有良好的体质是吃不消的。

我的同事老张，就是因为胖，工作一直没有得到升迁。肥胖真的会影响一个人的职业生涯。

有一次，领导召开一个内容枯燥的会议。胖人精力不好，特别容易打瞌睡，老张听着听着竟然睡着了，脑袋还时不时“小鸡啄米”。

圆桌会议室里，他正好坐领导对面，领导重重地咳嗽了两声，老张才从睡梦中惊醒，继续听讲。结果没一会儿，他又犯起困来，领导一一收在眼底。

肥胖，给工作带来影响，生活质量也大打折扣，还谈什么奋斗拼搏呢？

人与人拼到最后，拼的就是身体。身材好，就是一种实力。

03

你的身材，就是你的阶层

判断一个人的阶层，最简单的办法，就是看 TA 的身材。

正如保罗·福塞尔在《格调》一书中所说：

“你的体重就是你社会等级的宣言。一百年前，肥胖是成功的标志。但那样的日子已经一去不复返了。今天，肥胖是中下阶层的标志。与中上层和中产阶层相比，中下阶层的肥胖者是前者的四倍。”

CCL 领导力调研也表明：《财富》500 强公司的首席执行官中，找不到一个体重超标的人。

想想也是。那些受过良好教育、有强烈进取心、努力奋斗、事业有成的人，像普京、奥巴马、马云、李彦宏、俞敏洪……大多都是身材匀称、温文尔雅的人。

而那些庸庸碌碌、不思进取的人群中，我们更容易看到大腹便便、体态臃肿、举止粗鲁的人。

英国纪录片《人生 7 年》也印证了这一事实。该片选择了 14 个不同阶层的孩子进行跟踪拍摄，每七年记录一次：从 7 岁开始，14 岁、21 岁……一直到 56 岁。

这是完全的真人秀，记录了普通英国人的人生。

片中的一对精英夫妇，56 岁时依然保持着好身材。而由原中产晋升为精英的教授夫妻和公务员夫妻，体型也不错。

而那些在底层长大的男人们，虽然有几个年轻时也英俊帅气，但最终几乎全都成了胖子或秃子，尤其是他们的妻子，身材变形得更厉害。

外国如此，中国也趋于如此。

索福瑞集团的调研显示，在中国，中低收入群体已占肥胖人口的绝大多数比例。

为什么这个社会穷人越胖，富人越瘦？

04

瘦很昂贵，你胖，因为你穷

造成肥胖的原因，除遗传的影响外，主要就是不合理的饮食及运动量太少。

油炸食物、快餐等垃圾食品都让人容易变胖。而吃进去这么多热量，不运动，就会产生肥胖。

很多穷人没有生活，只有生存。

他们经常加班、熬夜、缺少睡眠、暴饮暴食或饮食不规律。生存的压力山大，哪有时间和精力去锻炼身体、控制饮食？

况且他们受教育程度普遍不高，也难有身材管理的意识和知识。所以，穷人的“过劳肥”越来越多。

而富人正相反。越来越多的富人意识到，**拥有健康的身体是一笔无价的财富。**

他们有时间有金钱对身体进行投资，他们愿意选择绿色、有机、低热量的食物，舍得在健身上花时间，也承担得起上健身房、请私人教练的大把银子。

国内曾有一项关于财富和运动关系的报告，数据显示：那些拥有更多财富的人倾向于更多的运动。大数据显示，每日行走 8000 步以上的人群，平均收入高于 8000 步以下人群 6.4%。

果然，好身材就像奢侈品，多属于富人阶层。

瘦很昂贵，穷人消费不起。你胖，是因为你穷。

05
你的身材里藏着自律

身材和时间金钱有关。没错，但关系更大的是，自律和意志力。

正如网上对《人生 7 年》的评价：

人人都只看到了精英阶层与生俱来优越的家庭条件和社会地位，

羡慕他们有私家健身房，有私教，认为他们能有健康体魄、匀称的身材是理所当然的。可是，又有谁看到他们在饮食控制、健身等方面的自律？

这种自律，远远强于底层阶层。

要知道那些有六块腹肌的男人和永远保持好身材的女人，他们都拥有你想象不到的自律和意志力。

钟汉良曾晒过他的早餐，只有一片面包、几个蘑菇。

郭富城，坚持健身二十余年，每天最少跑步半小时。即使到外地，也会要求入住 24 小时开放健身房的酒店。要是酒店没有健身房，他会自备绳子在房间跳绳。

刘德华，为了拥有六块腹肌与紧实的胸肌线条，把家里变成了健身房。开演唱会前，他会坚持长跑练气；拍戏时，他会利用空当举哑铃，每天再忙也要运动。

严歌苓，不仅在写作上自律，还会在繁忙的工作中坚持锻炼身体，游泳或跑步。她在餐厅等朋友时，还不忘趴地上做平板支撑。

她说：“形象是女人的纪律。”

正是几十年如一日以钢铁般的意志自律着，所以她 60 多岁了，仍保持着纤细的身材和优雅的姿态。

人人都知道“管住嘴，迈开腿”的道理，可又有几人能像他们这样做到呢？

好身材是奋斗出来的。

不是一朝一夕，不是时断时续，不是一天的热情。那些今天喊减肥、明天喊运动的人，大多只是嘴上喊喊，安慰一下自己脆弱的心。

每一个胖子都有颗易碎的心，一个怨天尤人、抱怨喝凉水都长肉的人，怎能看到：

好身材的背后，是满满的自律与坚持。

如果连减肥都做不到，还谈什么优秀？

如果连身材都控制不了，还说什么掌控人生？

只有自律的人，才能抵住诱惑、克服惰性、说到做到，日复一日地坚持。

也只有这样的人，才有可能跨越阶层，逆袭到更高的层级。

你的身材里藏着你的自律，而自律能改变你的人生。

愿你努力奋斗，精心雕琢出一副好身材。

你跑过的每一步路、洒下的每一滴汗水、付出的每一分努力，都会让你功不唐捐。

公开表达愤怒，都是自断后路

文 / 喵姬

01

我们家附近开了一家新的茶楼，那天和同伴金瑞去试新。

这家店很火爆，我们去的时候是中午，很多东西都没得点了，我们就随便点了一些。那些服务员估计也是忙坏了，我们坐下了很久，都没有给我们沏茶。

刚好我们坐在厨房窗口的边上，等待的过程中看到了一个看似经理级的女领导站在那里训斥厨房里的一位小哥。

要是普通说一说也就算了，但是这个经理对这个小哥的训斥可算是够狠的，很凶，声音很大，感觉在骂一个跟自己有深仇大恨的人。其实，貌似就是厨房小哥把菜品弄错了。

金瑞说了一句：看着这个女人气质还不错，骂起人来居然那么凶狠。

瞬间我对这家店的好感全无，就记住了一个经理很大声、语气很恶劣地训斥一个厨房小哥。

后面谁再叫我去这家店里吃我都觉得没什么兴趣了，对这家店的印象就是：服务员很凶。

在公共场合发火表达愤怒，给人的感觉就是这个人的性格脾气一定不好，很难控制情绪。

而且，公开表达愤怒也会让人陷入尴尬。就像上面提到的那个经理，在对着别人发了那么大的火之后，我哪还敢叫她来帮我点东西。

控制不了情绪的人，很容易自断后路。

我姑姑喜欢研究那些生命运势，她说一个人发火就是赶走自己的好运，所以爱发火的人是很难有好运的。

做生意的忌早上发火，因为这容易赶走一天的财运。

其他人做人做事，又何尝不是如此。

02

而且，很多人在不了解真实状况的情况下，就忍不住发泄自己的愤怒，最后把自己弄得下不来台。

这是一种不理智的表现。**公开表达愤怒就是把别人架在一个尴尬的位置上，不但自己得不到好处，还容易毁了自己的后路。**

这样的人在职场上特别吃亏。

我以前在一家小公司做过，老板管得比较松散，分配的任务做完就可以。

记得有一个月，我们加班很多，因为任务太多，时间也很紧迫。老板说了几次让我们记录好所有的加班时间，这个月的加班费要增加三分之一，以此作为我们辛苦的回报。

虽然那一个月下来很累，但是想到工资高了，大家都很有冲劲。但是到后面发工资的时候发现，工资居然没有涨。

大家都议论纷纷，说好的钱没有到位，谁的心里都不高兴。

刚好那天有一个重要会议，是合作方的人来讲解项目，我们都需要参加。因为项目还在前期，每个人负责的内容不一样，所以在会议上基本每个人都会发言。

会议之前都很顺利，轮到李峰的时候，他开口的第一句就是：老板，上个月说好的加班费没有给我们加。

全场气氛一下子凝固了，感觉空气都很尴尬。

老板愣了，还没有反应过来，说话都结巴，打了好几个哈哈，才缓过神来。

最后老板才想起来没有跟财务那边说这个月要加加班费这件事，导致发的工资金额不正确。

很明显，李峰的火气还没有平息下来，结尾还强压火气说了一句：“以后希望能多把承诺过给员工的事情放心上，免得弄得大家都没有心思工作。”

后半部分的会议虽然说都是正常进行，但是感觉每个人心里都捏了一把汗。

其实，这件事情只要私底下提醒一下老板就能解决的，但就是有人心里不舒服，非要在有外人的场合公开表达自己的愤怒。

最后就弄得事情非常尴尬了。

老板最后专门开会说了这件事：有什么意见内部提内部解决，不要在外人面前说内部事。

最后，李峰肯定就留不下了，在公开场合落老板的面子，谁能容忍。

要是这个人不长教训，我想以后他的人生路应该也会走得不顺。

有意见有情绪，私底下找相关的人谈，平心静气总能听得进去。要是在公开场合，就很难有回头路了。而且，在公开的场合表达自己的愤怒，最后吃亏的往往是自己。

03

职场上谁没有受过委屈，但是真的有些委屈你是需要打碎了牙往肚子里咽的。

一个人在职场的生涯中，会经历很多次内心的小堡垒被摧毁然后重建的过程，每一次重建都会比上一次的更加坚固和辉煌。

但是有些人的小堡垒被摧毁之后，就没有了重建的能力。

我印象特别深刻的，是我第一份工作的同事小丽。

小丽是个有点被家人惯坏的女生，什么情绪都会写在脸上，遇到不顺意的事情，脸色说变就变。平时都是一些小事情，大家也都不予计较。

有一次，总经理来巡视工作，人特别严肃，而且要求也很严格，对我们很多事情都不满意，我们就站在那里被数落。

当时说到了一个问题，就是客户追踪回访，总经理之前跟我们提了几次一定要好好跟进这个事情。

刚好这个事情是小丽负责。其实在前一天，小丽已经把所有客户都回访跟进了一次情况，而且也做了记录，但是总经理还没有看到数据，骂着骂着，就什么都拿出来骂了。

小丽觉得委屈极了，回到自己的座位上越想越生气。为了表达她的愤怒，做什么动作她下手都特别重，水杯拿起来之后重重地砸回桌子上，敲键盘的声音也特别大，最可怜的还是那个空格键。

她的目的很简单，就是发泄自己的愤怒。无论谁说都没有用，她就是要发泄自己的情绪。但是其实，这对自己一点儿好处都没有。

受委屈几乎是一个人成长最快的途径。吃下去的委屈，消化掉的都成了喂大格局的养料。

如果消化不掉，则会损害自己的健康。

婚姻里也是一样，很多夫妻相处久了，容易一开口就吵架。有些人不管什么场合，随时随地都能吵起来。

老妈说：夫妻之间的矛盾要吵就回家关起门吵，在大庭广众之下吵架，会被人瞧不起。

很多人都说，“我咽不下那口气，就必须要说出来”。

这里引用一下我朋友说的话：夫妻俩在大庭广众之下吵架，谁能得益？谁也没有得益，得益的是看戏的人，人家巴不得看你笑话。

因为要赢一口气，放弃自己的形象，伤害自己的伴侣，怎么想都不值得。但是，很多人把自己的情绪看得比什么都重要。

情商低的人才会消化不了自己的情绪，不会变通也不会分辨利弊，只顾着自己的情绪。

不要求能做一个情商很高的厉害人，最起码不要做容易情绪失控的人就好。

不抱怨，才是你对工作最好的尊重

文 /Ray 先森

01

楼下的便利店是我常去逛的地方，既有可口的鱼丸粗面，也有香喷喷的包子馒头。即便是夏天热得无处纳凉的时候，还能来这里吃根雪糕吹吹空调。

可是让我不明白的是，楼下便利店的生意一直不怎么样。我就好奇为什么一个门店既拥有黄金地段又兼有络绎不绝的人流，而且还是 24 小时不间歇营业，但生意就是这样不温不火。

记得有一天早上去买早餐，正是上班日八九点的高峰期，来买早餐的人来来回回一下子就把小店铺挤得水泄不通。

可是收银员却一点紧张的意思都没有，反而开着手机免提，在和电话那头的同事大声地聊天唠嗑，顺道抱怨着工作生活中各种零碎小事，完全不顾及等待埋单的顾客那一脸的尴尬。

“刚刚那个人连微信付款都不会弄，真是笨死了。”

“都说了付款的货物一概不退不换，你还不明白吗？”

“真倒霉，昨天回去在路上堵了快一个小时了！”

试想一下，在一个工作高峰期的时段，却能一边开着免提一边和朋友漫不经心聊天唠嗑，更要命的是没完没了地抱怨和吐槽一下自己看不惯的甲乙丙丁，这样的行为真的是对自己工作最大的不尊重了。

抱怨，从本质上而言改变不了任何事情，反而会影响人的情绪和心智。

爱因斯坦曾经说过，**不要抱怨生活，那只能说明你的无能。强者从来不抱怨生活。**

同样地，在工作当中，谁都不喜欢爱抱怨的人。除了将自己对生活和工作的不满诉诸他人，暂时得到心灵上的自我慰藉，然后继续浑浑噩噩地生活，我实在看不出抱怨的意义在哪里。

02

记得之前有一位同事，工作能力很强，资源人脉也相当丰厚，但就是改不了爱抱怨的毛病。

连鸡毛蒜皮的小事都能斤斤计较老半天，完全看不见一丁点儿男子汉气概。

他真的颠覆了我对八卦和抱怨的定义，从领导爱挑剔的癖好到合作客户的无理要求，从同事做 PPT 的小瑕疵到行政做的通告出现错别字，本来只是一个善意的建议就能化解的问题，没有一样不被他的抱怨弄成不可化解的尴尬。

以致到后来，部门经理忍无可忍在周例会上暗示性地不点名警告了，但依然没能让他改掉爱抱怨的坏毛病。最后弄到得罪了满屋子的同事，自觉没趣就灰溜溜地离职走人了。

真的无法想象，每天高强度的开会工作和头脑风暴已经让人头昏脑涨了，如果再来一个如鹦鹉般成天呱呱不停抱怨的人，任谁都不能忍受吧？

三毛在《亲爱的三毛》一书中直白地说道，偶尔抱怨一次人生可能是某种情感的宣泄，也无不可，但习惯性的抱怨而不谋求改变，便是不聪明的人了。

同样的道理，在职场中，偶尔或善意的吐槽有助于不良情绪的转移和抒发，能让人更好地投入工作。

但是，**漫无目的地抱怨和唠叨，只会让自己陷入无助的泥潭，而且更会给人一种幼稚可笑、守不住秘密的尴尬形象。**

最要命的是，有些人自己抱怨完了，将自己满肚子的不舒服和亚痛苦统统发泄给旁人，却不顾别人一丝感受。

翻开今天的微博微信，你会发现，我们很多人都生活在抱怨的世界里，小至交通拥堵、天气雾霾，我们会有诸多不满，大到对社会现象、人生百态，愤懑不平。

这只不过是因为他们囿于自我，只站在自己的角度，带着一颗抱怨的心看待周围的人事所致。

其实更多时候，世界对你的态度取决于你对世界的态度。如果看不到这一点，世界报以他们的永远是他们口中那个什么都不好的世界。

03

我刚毕业出来工作的时候，也常常会抱怨。

抱怨公司制度的不完善，抱怨项目的难度大，抱怨工作环境的糟糕。

但最后发现，完全于事无补。因为抱怨只是一时的痛快，而后来的痛苦却是漫长而真实的。

你也会发现，当你满腹牢骚地抱怨完谁谁谁不好之外，你的工作日志还是要撰写，你的项目计划还是要编辑，而你的人生进程却仍在原地踏步。

你所拥有但不珍惜的，却是别人苦苦追寻却难以得到的。

别总是抱怨工作的环境不够高规格，也别总是抱怨工作的薪酬不够体面，那可能只不过是你欠了工作一份努力罢了。

富兰克林曾在其自传中写道：

我未曾见过一个早起、勤奋、谨慎、诚实的人抱怨命运不好，良好的品格，优良的习惯，坚强的意志，是不会被假设所谓的命运打败的。

今年过年回家，遇上了许久未见的亲戚，简短寒暄过后，没想到对方就一边吞云吐雾抽着烟一边抱怨自已遭遇如何如何。在我看来，这个行为实在和幼儿园的小朋友哭闹告状没什么区别。

记得之前做推广总监的时候，经常会面试很多乍一看才华横溢的应聘者。当我和他们交流时就会发现，这些人对原有工作充满了抱怨、不满。

要么怪环境不够好，要么怪老板有眼无珠不识才，要不就会说运气太差。

总之，牢骚一大堆，积怨满天飞。

殊不知，这就是问题的关键所在。抱怨的恶习使他们丢失了责任感和使命感，只对寻找不利因素兴趣十足，从而使自己发展的道路越走越窄，不断退步。

事实上，我很少看到事业成功的人会经常大发牢骚、抱怨不停。因为成功的人都明白这样的道理：**抱怨如同诅咒，咒怨越多，痛苦越多。与其抱怨遁入痛苦之中，不如提高自己飞翔高空。**

如果说，人的一切痛苦，本质上都是对自己无能的愤怒。那么，抱怨就是将这种痛苦和愤怒无限地放大化。最初看似不计成本的抱怨，最后终将成为杀死自己的万恶之源。

04

记得很小的时候，常常去父亲单位的办公室玩耍。进门总能看见镶嵌在墙壁上的两行大字，“今天工作不努力，明天努力找工作”。

那时候的我不解其意，也不求甚解。

而后在和父亲同龄的叔叔们身上，我渐渐读懂了那两行话的含义。

那时候，父亲常常是单位最后一个下班的人，甚至每天都是我到了饭点去喊他回家吃饭。而他的那些同事呢，经常和我调侃说，你以后别学你爸爸，事那么多、钱那么少，还干得那么起劲。

我知道他们在揶揄父亲的木讷和固执，我也知道他们在拐弯抹角地抱怨自己的工作。

再到后来的后来，等我长大再看到那些叔叔们时，不是早早退休在家整日坐在麻将桌上，就是顶着满头白发还在工地上辛苦忙碌着。

我也不知道他们还记得当年抱怨的那些话吗？

但是我知道，他们在最该努力工作的年纪里选择了抱怨和懈怠，最终在后半生一一遍尝了生活的艰辛与困苦。

就像我的一位朋友说的那样：

唯有不断投资自己、增值自己和升级自己，使自己变得更加强大，能力和内心都强大，才能解决问题。抱怨不解决任何问题。

我们活着，不管做什么，都是一场修行，我们在不断修炼自己的内功和外功。能力太低，肯定不是别人的对手，遇到高手只会被人无情秒杀。

或许正如马云说的那样，我感谢这个变化的时代，我感谢无数人的抱怨，因为在别人抱怨的时候，才是你的机会。只有变换的时代，才是每一个人看清自己有什么要什么该放弃什么的时候。

在别人抱怨的时候，也正是你异军突起的时候。

在别人抱怨的时候，也正是你机会来临的时候。

在别人抱怨的时候，也正是你弯道超车的时候。

工作，其实是一次可以选择的旅程，就算我们无法把控环境和他人，但我们始终都可以把控自己。

在你的手中，始终拥有颠覆人生走向成功的王牌，那就是不抱怨。

Part 4

第四章

远离你身边低层次的圈子

层次的高低，不是由社会阶层和金钱来决定的，而是取决于内心有没有底气，它跟一个人的阅历、格局和内心的丰盈息息相关。

哪个瞬间让你觉得和对方阶层不同

文 / 大芋芋

01

我个人认为，**最容易看出彼此阶层不同的，从来都不是金钱与地位。**

而是一个人的格局。也许金钱和地位能影响到阶层的不同，但绝不能决定阶层。

讲第一个故事，我的两个朋友，A 和 B。

父母都是同事，家境相当，并且都住在同一个小区，连读书时候的成绩排名也相差无几，甚至是高考，两个人只相差一两分。

所有人都会说，A和B像一对姐妹花，各方面都很相似。奇怪的是，她们却很少在一起玩，甚至放学都不会一起走。

高考结束以后，大家聚在一起，B 因为家里有事没来，我和 A 坐在一起。我问她："我们都觉得你和 B 各方面都好像，感觉两个人应该会玩得很好啊，为什么看你们几乎都不交流呢？"

A 笑笑，说："我不适合跟 B 在一起玩。"然后，她给我讲了一个故事。

两人小学并不是在一起上的，初中才升到了同一所学校，被分进了同一个班级。

那时候 A 和 B 的家长们还把两个孩子带到一起吃了个饭，说以后在新学校要互相照顾着。刚见面时的两个人也玩得不错。“那时候，我的确以为我会和 B 成为好朋友。” A 这样说道。

但是在一次回家的路上发生了一件事情，改变了她们对彼此的看法。

那天两个人照常回家，走到半路上，发现路边有一个胖胖的中年男人开了一罐可乐来喝。兴许是太着急喝了，男人没等气泡沉一会儿便拉开了易拉罐，结果被突然溅出来的可乐吓了一跳，可乐还把他的白衣服弄脏了，一脸的狼狈。

本来并没有什么人看到，但是 B 大声喊着正在小摊上买文具的 A：“快看那个男的，好搞笑！他把可乐全喷在自己的衣服上了，哈哈哈哈哈哈！”

B 的声音很大，话音未落，包括 A 在内的周围人都掉头看着男人狼狈的样子。A 悄悄拉了拉 B 的衣服，说：“不要叫这么大声啊，人家本来就很尴尬了，现在所有人都在看他，不是更尴尬？”

B 满不在乎地说：“怎么了？可乐又不是我洒上去的，他自己那么蠢，关我什么事？”

A 有些小小震惊 B 这样的想法，但是她没有多说什么，从书包里掏出面纸递给男人。男人很感激地看了她一眼，边擦边自嘲：“都是我太不注意了，这么多人看着真是不好意思。”

A 笑着说没事，然后告辞离开。B 却还喋喋不休地说着：“你为什么要把面纸递给他啊？你们又不认识。”然后偷偷念叨了一句，“装什么好人啊，其实自己心里也很想笑吧！”

A坦言，从那个时候开始，她就觉得自己和B是有些不一样的，但她说不明白是什么感觉，只是这种感觉后来让她们越走越远，也鲜少再有交集。

A说："看着我们好像很像，是因为你们衡量相似的标准都太表面了，其实我们并不像。"

我想了想，沉吟道："你们的确不像。"

年幼的A无法描述的那种让她们无端疏远的感觉，就是教养吧。

虽然那时候两个人年纪都很小，但是已经能明显看出她们不会属于同一个阶层的。即使家境与社会地位相当，但"教养"这道无形的门板已经将她们划分为不同世界的人了。

02

第二个故事，是两个刚步入社会的女生，做着一样的工作，拿着一样的薪资。

有一天一起被派到展馆办会，两人工作之余在展馆里四处看看，发现有个培训班将聘请名师讲解高级管理课程，可以向办会单位有偿开放听课名额。两人都很感兴趣，新入职场都想了解一下公司高层到底是怎么管理的，但仅仅周末1天6小时的课，就要1000块钱。

一个同事想了想，一个月才赚那么两三千，根本没法承受这样贵的学费。于是，她就只要了点名师介绍资料，想回头看看网上有没有相关课程。

而另一个同事则立刻刷卡交了学费，选到了一个还不错的座位。

没缴费的同事感到很惊讶，说："这么虚头巴脑的课要1000块，这可是有钱人听的！我们根本负担不起！”

选择听课的同事笑了笑，说：“那你怎么知道你就不会是有钱人呢？”

事过多年，那个听课的同事最后真的变成了有钱人，而那个认为自己没钱的人财务状况依然不理想。

当初刷卡缴费听课的那个同事，刚入职场的时候她身上也确实没什么钱，但是她的心态很乐观，也很坚定。她认为凭借自己的水平与能力，不会一直只拿这么点薪水。

你现在拿着三千的工资做着五千的事情，那么早晚有一天，你会拿到五千的工资的。

但是，人生的定位不应该只局限于五千的工资上，要相信自己，一切皆有可能。

03

这两件事告诉我，眼界和心态决定了你的格局，你的格局注定了你与别人的阶层是不同的。

有的人浑浑噩噩，一辈子只想守着自己的老本过日子。

可是，难道穷富之间的差别根本，真的只是存折上那几个零的差距吗?

并非如此，很多时候，有的人之所以富，是因为他看到了别人看不到的东西，包括未来。

有一本书叫《穷人与富人的50个思维差异》，里面的第一条就是:

“富人敢收敢放，孕育财富；穷人紧抓不放，扼杀财富。”

还有一条则是**“富人善于设局，穷人走一步算一步。”**这说明两者最根本的区别在于格局的不同。

时至今日，谁都不能否认收入差距的存在，谁也不能妄言这种差距会在未来的某一天彻底消失。有人说：“人与人之间的差距，往往比人与动物之间的差距更大。”

那么，究竟是什么决定了这样的差异呢？

有人会说是金钱与地位。我却认为，金钱和地位只是一个影响因素，而非决定性因素。

很多时候，阶层的差异来自自身受到社会尊敬程度的高低。比如人们常说的“贵族阶层”，现在人们会认为有钱人就是贵族，认为富与贵是一样的，但其实富是物质，贵在精神。

04

英国“二战”时期有一张照片流传得非常广，当时的英国国王爱德华来到伦敦的贫民窟视察。他站在一个东倒西歪的房子门口，对里面一贫如洗的老太太说：“请问我可以进来吗？”

这才是真正的贵族，是懂得尊重别人。而这种尊重与谄媚迎合完全是两回事，是无论贫富贵贱的不分畛域，是无论美丑老少的一视同仁。

新闻里面开着名车搂着美女却不停闯祸还不知悔改的有钱人处处都有，可见一个开豪车住别墅却没有礼貌与教养的人，并不能算是贵族。他与真正的贵族阶层依旧有着不可逾越的鸿沟。

所以，有时候我们会觉得同样都是人，却明显是不同的阶层，也许是硬件不同，但更多的是软件的差异，是一个人的格局大小。而这格局里包含的，是一个人的礼貌、教养、眼界与心态，这些都直接决定了一个人的层次高低。

钱可以让一个暴发户进入上流社会，却永远不会让他真正融进一个贵族阶层，因为很多东西，他都没有。

因为他并不具备上层社会的格局态度，这也就导致了很多暴发户并非“富不过三代”，而是“富不过二代”。

《财富》杂志的主编吉夫科文说过一句话：**“格局决定结局，态度决定高度。”**

曾国藩也说过：“谋大事者首重格局。”

当你发现对方与你阶层不同的时候，不要打开自己的存折去数你还差几个零，而是认真思考一下，是不是在某些方面，你的格局比别人狭隘了些许。

远离“刀子嘴豆腐心”的人

文 / 木木

01

以前在老家的时候，小区里有位张阿姨，嘴上功夫极为厉害。

常常在楼上便能听到她跟别人争执的声音，嗓门尖锐、铿锵有力，如鞭炮一般能在瞬间噼里啪啦炸起来，又如春日惊雷般轰隆不绝。

有一次，一个小贩挑着菜筐在楼底下卖菜，张阿姨刚好在楼底下，见了小贩卖的菜，迎上去就问：“你这菜是打了农药的吧？”

小贩一脸赔笑：“没有，没有，大姐，这个菜是自己种的，绝对没有打农药。”

“我看不像吧，你看你这豇豆，一个虫眼儿都没有，这种菜，最容易长虫子了，我以前在老家也是种过地的，你不要以为我不懂。”

小贩有些抓毛，好端端地卖个菜而已，这还没有开张，便被人劈头盖脸地说了一通。影响到自己做生意，心里自然不畅快，于是也接上了嘴：“我说没打药，就没打药，你说我打药了，你要拿出证据来的。”

张阿姨被人怼了，心中的无名之火瞬间熊熊燃烧，于是也呛声回去：“你说你个卖菜的，我就说说问问怎么了？你内心要是无愧，你着什么急啊？”

两人剑拔弩张，你一言我一语地就这样干了起来，旁人见势，连忙拉开。

有人替张阿姨上前道歉：“你别跟她一般见识，她这个人就是这样，刀子嘴豆腐心，嘴上逞强，你别往心里去。”

好吧，好一个刀子嘴豆腐心的说辞。

这刀子嘴豆腐心不仅表现在对待外人，对待自己的家人也是如此。

一日，张阿姨在楼底下搓麻将，估计那天牌运不是很好，脸上晴转多云。

儿子小多正准备去上学，凑到她身边，说：“妈，给我钱，我要去学校交补课费。”

不开腔还好，这一说话，让张阿姨瞬间炸锅，指着儿子的鼻梁就开始骂：滚！钱钱钱，整天就知道要钱，老娘是上辈子欠你的吗？你就跟你爸一个㞞样，爷俩儿没有一个中用的，我怎么就倒了八辈子血霉，跟了你们俩呢！……

小多一脸惊吓，慌忙跑掉了，钱没要到，还毫无征兆地被骂了一顿，估计这心里也是比窦娥还冤。

又过了几年，听说张阿姨离婚了，原因不得知，但是我觉得一个 40 多岁的男人，宁愿净身出户也不愿再维继婚姻，必是婚姻中有诸多的不如意。

语言也会成为一种暴力，想想，冷言冷语似箭，她身边的人估计早就被那齐发的万箭戳得千疮百孔、体无完肤了。

说什么样的话，就是什么样的人。当你嘴里伸出刀的时候，心里早就有刀了。

《增广贤文》里有句话，“良言一句三冬暖，恶语伤人六月寒”。

所谓的“刀子嘴豆腐心”其实是种借口，让人误认为：“我刀子嘴，但是我心地善良啊。”

抱歉，没有人能通过那恶毒的话，看到你的善良。

嘴里吐刀子的人，他并没有豆腐心，他有的全然是一颗刀子心。

02

我上班已经有十年了，这期间换过三份工作，碰到过好几位不同风格的boss。

W和H便是其中最有代表性的两位，而且较为戏剧性的是，这两位还都带领过同一个团队。

W是迄今为止我见过的最有智慧的老板，有远见，有气度，张弛有度，最重要的是懂得好好说话，懂得带人带心的艺术，所以人心所向，很受爱戴。

W总是和颜悦色地听取大家的汇报，公司近500人，不论职位，也不管资历，工作上的困难，她都会耐心地倾听，并会一针见血地给予正确方向的指点。

H是之后带团队的人，作为空降兵，常常自诩不凡。

在与下级的沟通中，难有心平气和之时，倒是常常盛气凌人、咄咄逼人，经常别人话还没有说完，便极不耐烦地打断，稍对谁不顺意，更会顺便“问候”公司所有管理人员，大有一副你们全都傻，前老板是眼瞎了才会让你们做到公司中层之势。

W 常常挂在嘴边的是：我们这个团队是最好的团队，我们的员工是最好的员工，他们为公司任劳任怨，公司需要善待他们。

其实我们都知道，我们不尽完美，为了老板的这份信任，所以努力工作、积极创新，大家都如开了挂一般，公司凝聚力爆棚。

H 常常挂在嘴边的是：我们的员工不懂感恩，我们的基层管理人员从未传递过正能量的东西，我们公司有很多地方不合理，我们的经理都不能正常履职。

事实上，这些都是 H 捕风捉影、毫无根据的自我猜测。

但是被她念叨的次数多了，很多员工便真的开始对公司充满了埋怨，士气低下。公司凝聚力坍塌，业绩也变得越来越差。

很多时候，嘴上的张狂，往往都是为了掩饰自己的无能。

有时候觉得，管理公司就像是养育一个孩子。

首先，你需要有足够的远见和坚定的目标，能够把孩子托在自己的肩膀上，让孩子站在你的高度上往上走。

其次，你同样需要对你的孩子抱以同理心，你需要蹲下来，去跟他做平等的对话，去理解他的想法，站在他的位置上去考虑。有同理心的人，才会好好去跟对方说话。

失去了好好同孩子说话的能力，不管你是多么伟岸的父母，也难有亲密的亲子关系。

失去了好好同员工说话的能力，不管你是多么优秀的老板，也难获得团队真正的凝聚力，也很难带出一支卓越的队伍。

好好说话的人，皆是因为他们有着良好的同理心。他们会把自己置于对方的位置去考虑，会考虑自己的一言一行是否会让对方觉得不舒服，也会去思考如何进行高效的沟通，怎样合理地解决问题，而不是自顾自地表达情绪，或者完全不管不顾地表达自己的想法。

你说出什么样的话，实际上你就是什么样的人。

03

某天，我去学校接儿子放学，有人把轿车开上了接送区。

接送区本来区域较小，为了孩子的安全，学校多番强调接送区禁止停放任何车辆。

戴着红袖章、挥着小红旗指挥秩序的老大爷见了，走到车前，对车主说：同志，你可能是第一次来，不清楚规定，接送区是禁止停放任何车辆的，你可以往前面走走看看还有没有停车位。

司机一听，连说抱歉，欣然上车，把车挪走了。

我暗地里佩服这位老大爷真会说话，既疏通了交通，遵守了规定，又照顾到了对方的面子。

对方当然乐于接受。

如果这位老大爷上来就喊：“唉，你这个车，不能放在这里，已经说过很多遍了，这个地方是不能停车的！”

顺势挥舞着手上的小红旗指指点点，想必车主也会把车挪走，但终归是不那么特别乐意。

也许碰到一位暴脾气的主，又是一场口舌之争。

以前我婆婆开店卖东西的时候，很懂得照顾买家的自尊。

买家上门，几番推荐，一旦发现对方对价格面露难色，我婆婆就会立马捧出另外一样，告诉别人：

对了，还有这个，这件跟之前那件是一样的花色和质量，但是由于厂家不同，这件更实惠一些，我们自己家里人用，都是用这样的。

人家一听，觉得挺好的，既没有提钱伤感情，有个台阶下，又买到了好东西，和气生财。

一个内心充满善意、真正有悲悯之心的人，绝对不会口出恶言。

口出恶言时必心生恶意。

一个真正情商高的人，不会口吐刀子，因为他知道冷言冷语必伤人。

很多人在口中吐完刀子后，会为自己找一个极好的托词：

哎呀，不好意思，我就是这样心直口快的人，说话直，但是没有坏心，你别当回事。

他说出这话的时候，往往不是反思到了自己的说话不对，而是多半意识到自己话说过了，害怕自己吐出去的刀子会对自己以后产生什么不好的影响，于是用“刀子嘴，豆腐心”来给自己一个台阶下，免得得罪人。

不过，在他口吐刀子的时候，他一点儿也没有豆腐心。相反，有的只是一颗刀子心。

刀子嘴，豆腐心，只不过是为了掩饰自己的情商低。

层次越低的人，越好面子

文 / 木木

01

面子问题，绝对是一个具有中国特色的问题。

中国有句老话“死要面子活受罪”，不管什么方面，面子最大，丢了什么都可以，就是不能丢了面子。

我认为，好面子这种行为的本质，是因为没有底气，是来源于自己深藏的自卑和内心的不自信。

由于内心不自信产生的补偿心理，一定需要通过一种外在的、可以被别人看到和评价的方式补偿回来。

层次的高低，不是由社会阶层和金钱来决定的，而是取决于内心有没有底气，它跟一个人的阅历、格局和内心的丰盈息息相关。

层次高的人，往往有较强的目标性，他们清楚地知道自己要什么，并且知道如何去获得。所以，不会在过程中去纠结他人的评价和眼光。

相反，越是一无是处的人，越是在意别人的眼光。在他们的眼里，面子比什么都大。

他们纠结于那些捕风捉影的别人的议论，时时都要表现自己，处处都想证明自己。

现在的婚恋市场，爱情珍贵，彩礼真贵。

“穿金，一动不动，三斤三两，万紫千红一片绿”，这不是在作诗，也不是顺口溜，而是很多农村地区彩礼的标配。

一动不动，一动是指轿车；一不动，是指一栋房产。

万紫千红一片绿，是指彩礼要一万张5元钞票，加1000张百元钞票，再加一片50元的钞票，这加起来就至少是15万。

在一些农村，彩礼动辄十几万，有的甚至二三十万元。这还仅仅只是彩礼，再加上整个婚礼过程中的各种花费，结一次婚往往要花费三四十万。

然而，我国2015年的农村居民人均可支配收入才首次超过11000元。这也就意味着，一个青年农民，需要不吃不喝十多年才能攒够昂贵的彩礼钱。

为了能娶上媳妇，一夜返贫、负债累累的情况并不少见。

而在婚恋市场，给的彩礼越多，就代表男方越尊重娘家人，女方也似乎显得地位更高，更有面子。

一个远房的堂弟要结婚，这本来是件皆大欢喜的好事，可是直到结婚的前夕，一家人都处于愁云密布中，大婶子在家里一个劲儿地抹眼泪。

堂弟的结婚对象是自己谈的，两人处了大半年，彼此觉得还不错，于是开始谈婚论嫁。

可是，女方的妈妈开口要16万的彩礼，堂弟刚上班，本来就没什么积蓄，而叔和婶子一辈子脸朝黄土背朝天，攒的是种地的血汗钱。儿子大了要结婚，本是件高兴的事情，彩礼肯定也是要给的，可是这数额太大，没有那么多啊。

于是厚着脸给未来的亲家母商量，彩礼可否少一些。可是这未来的亲家母死活不松口，要不 16 万彩礼，要不就不放人。

更夸张的是，在得知女儿已经怀孕的情况下，更是喊出要用 16 万来换这个孩子，不然就把孩子给打掉。

理由很简单，因为当地嫁女儿就是要那么多钱，如果少了这个数，会让人看不起，没有面子，抬不起头来。

因为心疼儿子和还没有出生的孩子，婶子四处借钱，攒了 12 万。征询未来亲家的意见，未来亲家最后坚决甩出一句话，如果只给 12 万也行，孩子不能给，孩子必须打掉。

更让我大跌眼镜的是，他们真的让女儿去打掉了孩子。而他们家的女儿最终以 12 万的彩礼如期举行了婚礼，走进了这负债累累的婚姻。

如此的折腾，只为了两个字：面子！

在他们的眼里，别人嫁女儿是什么样的标准，我们家只能更好，不能更差，不然这样会让人瞧不起，没有面子。

所以，在他们看来，面子问题 > 女儿婚后的幸福，面子问题 > 女儿的身体健康，面子问题 > 两家长久和谐的关系。

婚姻幸不幸福不重要，重要的是在别人眼里婚礼是豪华的；

自己家里有没有钱不重要，重要的是在别人眼里彩礼是够分量的；

以后跟公婆和亲家的关系不重要，重要的是未来婆婆给儿媳妇的改口红包是足足的，买的三金是沉甸甸的。

然后呢，在一场喧哗、一场热闹之后，将自己的父母置于半生辛劳一朝倾的境地，将自己的新的家庭置于举债度日的窘迫。

02

面子在中国人的日常生活中，可以说体现在方方面面。

结婚生子要面子，买房买车要面子，工作要面子，穿着要面子，宴席要面子等等。

他们永远都在比，如果没有比过人家，就会有一种深深的挫败感。而如果凡事都被大家捧场，被大家称赞，一种胜利感和成功感便油然而生。

层次越低的人，越是好面子。在他们眼里，面子比友情大，比亲情大，甚至比天还大。

由于内心的自卑和没有底气，他们一定要去证明自己，而且一定要用别人能看到的方式。

别人看不到你们家一日三餐吃的什么，但是在结婚、生孩子这件事情上，一定会万众瞩目，所以，一定要有排场，一定要有面子。

别人看不到你的内衣穿的啥，所以，内衣比外衣低好几个档次不重要，穿得舒不舒服不重要，重要的是外套上一定会露出大大的logo，够面子。

别人看不到你家存折上的数字，但是一定能看到你开的车是十万级的还是二十万级的，所以，为了买车背上了多少贷款不重要，重要的是开的车比隔壁老王的好，真够面子。

层次越低的人，往往越自卑，内心越没有底气。他们越需要被证明，越需要去获得外界群体的认可，所以就越在面子上挣扎。

03

我认识老丁已经好多年了。老丁经营着自己的公司，早已实现了财务和时间的双重自由。

他每年都会带着家人出国各处旅游，或是包着游艇出海享受水天一色。

他是个非常讲究生活品质的人，家里的用度非常讲究，一只看似普通的碗有可能是丹麦皇家哥本哈根的顶级陶瓷；

在他收藏的书里，极有可能有已经绝迹的孤本；

家里收藏的画，随便找出一张就可以换一套房。

可是，当他出现在人前的时候，却只是一个开着不到30万切诺基，衣着简朴，混入人群就再也找不出来的人。

不熟知的人很难把他的外形同他的经济收入联系起来。

有一次我打趣地问他，你为什么也不换一个更好的车，你也不搞一身名牌把自己拾掇拾掇，白有这么多的钱，搞得自己跟个工薪阶层一样。

他笑了，说，我没有什么要给别人证明的，车对我来说，开着顺手就行；衣服对我来说，穿着舒服就好。一个人的吃穿用度，代表着一个人的生活方式，过自己喜欢的生活方式，才是对自己最好的犒劳。我没有必要因为在意别人的眼光，而委屈了自己的生活。

讲真，我对他这句话简直顶礼膜拜，因为道出了生活之真谛。

我们常讲，要做个层次高的人，可是层次高并不代表金钱地位高，也不代表社会阶层高，这跟一个人的格局和内心充盈度相关。

有些人，即使家财万贯，却内心荒芜，需要靠名牌傍身来证明自己的地位和财富。

有些人，即使收入不多，但依然可以过得自信从容、温暖阳光、充满底气，不跟从、不逐流、不虚荣，内心笃定，步伐坚定。

决定人内心有没有底气的，在于是否有正确的生活目标。

如果你的目标是要比隔壁老王好，那你就一定会去关注老王的生活，你的一门心思就是要比过老王。

如果你的目标是要比村里的人过得好，那你就一定会在结婚嫁娶这种事情上，格外需要面子，来证明自己不比别人差。

那如果你有一个长远的目标呢？

如果你的目标是让自己的人生过得更加美好而丰富呢？

你还会去在乎老王买了奥迪，你一定要换玛莎拉蒂吗？

你还会在意自己嫁女儿的时候没有拿到足够多的彩礼吗？

你还会去纠结自己儿子结婚的时候排场不够大吗？

从表面上看，这场比面子的大赛是谁赢谁输了，可其实这并没有输赢。你的每一个动作因为缺失目标，都是应激反应。应激反应堆出来的就是总体系统的失效，最后看来都是一场巨大的荒谬。

如果你有目标，全世界都是你的资源。

如果没有目标感，全世界都对你构成戕害。

有底气的人，不用依靠别人给面子。他们的内心足够自信，他们要做的，只是让自己变得更好。

04

稻盛和夫说，成功不要无谓的情绪。

越是层次高的人，越不会有无谓的情绪。

谷歌招聘创意精英的时候往往非常严格，一定要挑选非常优秀的人才。不光是因为这部分人有过硬的专业技能，也因为这类人不会去过多地计较：

这是你的事？还是我的事？在他们眼里，都是公司的事。

所以，他们不会因为谁干了自己的事情而觉得没有面子，凡是说面子的人，就不是创意精英，创意精英没有情绪，他们所有的精力都用在把事情干好。

据说，有一天谷歌的CEO对内部程序进行了一次测试，他觉得测试的结果糟透了，于是贴了一张小纸条在台球桌上，上面写明自己的运行体验。两个正在打台球的年轻人看到小纸条后进行了研究，最后解决了这个问题。

而这两个年轻人，并不是技术部门的，而是广告部的。也就是说，解决程序问题并不是他们的职责工作。

对于高层次的人来说，工作的目的只有一个，就是解决问题——他们以解决问题为目标。

所以，不会去在意是谁在这个过程中解决了这个问题，谁有没有超越自己的职责和权限，有没有越界，有没有看不起我，是不是故意为难我，也不会去考虑这件事情是不是让我很没有面子，这个人让我太难堪，所以我要对他心怀芥蒂。

层次越低的人，越容易自卑，会越没有底气，深藏在内心的自卑会产生一种补偿心理，这种补偿，其实就是一种“移位”。

简单地说就是，自己在这个地方的薄弱之处，会用另一方面的长处来补偿。

如果有正确的目标，这种“移位”可以发展成自己其他方面的优势；可如果目标不正确，就会发展成对他人肯定的异常关注，对别人褒贬异乎寻常的关心，至于褒贬本身是否合理则不重要。

强装出来的面子，并不会为我们的生活增光添彩，也不会让我们的生活变得如外人看到的那般美好。

真正重要的是，为自己树立正确的目标，让自己去变得强大，让自己充满底气，也让自己的生活更加美好。

层次越高的人，朋友圈越有趣

文 /Jenny 乔

01

上个月和朋友聚会，聊起近况，有个人突然向我问起没来的闺密娇娇：“她还上班吗？”

我愣了一下，还没开口，旁边突然有人插话：“看她那么闲，估计上班也是糊弄。”

两个人边说边笑。

我心里不爽，却假装平静地说：“她都忙晕菜了，我都好几个月没见过她了。”

娇娇真的很忙，跑步、健身、社交一个也不少，兴趣爱好还特别多。最近又投资开了一个餐馆，和她约会不是公园约跑，就是去餐馆考察。

工作也没落下，每周单休，天天忙到深更半夜，今年才刚升职。

居然有人说她闲。

提问的那位朋友惊讶地看着我，来了一句：“怎么可能？她的朋友圈里明明成天吃喝玩乐。”

面对她的固执，我心里无奈地“呵呵”了一声，想着日后带她见见娇娇就知道了。

饭间偶然打开微信，突然看见那位提问的朋友发了一条朋友圈：和老朋友团聚，大家都老了，结婚、没结婚的都感叹，日子越来越不容易。有时候，还真不知道人生到底有什么意义。

What？！

刚才大家明明意气风发地聊着彼此的好消息，怎么到她嘴里就成了这样。

我顺手点进她的朋友圈，果然是无聊至极，除了抱怨年会没抽到奖，就是哭诉“底层群众”年二十九居然还在上班。

我粗粗翻了两下就看不下去了。

有些人无法跨越阶层是有原因的，他们不懂得欣赏生活里的美好，眼里只有求不得、怨长久的生活阴暗面，还总是怕别人不知道自己吃亏受苦。

朋友圈是一本自传，能看出一个人的修养和情商，也能反映一个人的层次和趣味。

讲真，有趣的朋友圈都是“故意而不刻意”的。

02

娇娇是我认识的人里把朋友圈经营得最好的。

翻开她的朋友圈，满眼都是洒满阳光的咖啡馆、深夜诱人的美食、枕边的一本小说、路上偶遇的流浪狗……

每次看着那些温暖的片刻，我总感觉生活其实真的对我们挺不错的。

娇娇和她的朋友圈一样，万年不变的意气风发，一丝不苟的妆容，头发连根杂毛都没有，从鞋子到口红，没有一点儿纰漏。

每次看着认真打扮的她，我都嘲笑说：“我不嫌你难看。”娇娇一脸娇嗔地问我：“你不觉得这样更好看吗？”

我知道，这是她的态度。

她总说，有人愿意花时间坐在对面和你聊天，即使不会说话、长得难看，你至少不能打扮得像个大妈，这是尊重。

她总有神奇的反转能力，艰苦、狗血的生活都被她当作调侃自黑的素材。

有一次，几个闺密到我家聚会，我们点了外卖，到点了还没送来，打电话给外卖小哥才知道他忙不过来，还没去取。

大家忙着打电话抱怨投诉，娇娇二话没说，干脆骑了个摩拜自己去取了回来。

于是，她的朋友圈又有了新题材：今天当了一次外卖小哥，原来骑车端汤不洒这么难。不服气的来试试。

层次越高的人，视野越宽，心胸越广，也越豁达。

他们的生活未必多么称心如意，但却有苦中作乐的反转能力，更不愿意把苦涩像病菌一样在人群中传播。

有人说，朋友圈里的好未必是真的好，如果真过得好，何必要晒。

娇娇却不这么觉得，她发朋友圈就是给别人看的，不为求赞，而是为了让别人知道生活没有想象的那么糟糕。所以，娇娇的朋友圈就是朋友们的充电站。

讲真，朋友圈不是随便发的。每一个翻开你朋友圈的人都如同坐在你对面的朋友。

对于那些愿意花时间听你说话的人，至少不能把对方当做坏情绪的垃圾桶。

03

曾经，有个朋友跟我说：千万不要随便发朋友圈，发不好会显得自己很low，发得好又容易招人羡慕嫉妒恨。你看那些层次高的人，朋友圈里要么是干货，要么什么都没有。

我觉得挺有道理，于是，干脆三缄其口，把朋友圈都删了。

可是，这几年，认识了很多学问高、修养好的偶像，我却发现他们的朋友圈里什么都有，满世界跑马拉松、带着儿子做甜点，甚至还有“转发朋友圈”就能上课的信息。

有一次，我问了一个知识型IP大V，你就这么开诚布公地告诉别人自己去上课，不会让人觉得你很low吗？

如果是我，宁可给9块9，也不愿意分享到朋友圈，害怕别人说，我竟然上这种课。

他说：你这是不相信自己的判断力呀。你想上必然是觉得有价值，有价值的东西当然应该让更多人知道。

层次越高的人，越不怕展示自己真实的一面。

因为有底气，相信自己的实力，所以不在意别人的眼光和评价，更不会因为害怕别人说三道四就独享这个世界的有趣。

独乐乐不如众乐乐，众苦苦不如独苦苦，是他们对待朋友圈的态度。

所以，我现在也肆无忌惮地在朋友圈晒狗、晒美食，就像娇娇说的，比起那些没用的抱怨，我宁可看你养的那两只大宝贝。

04

朋友圈不是了解一个人唯一的方式，甚至不是一种最好的方式，但它是一种最直接的方式。

经常有人问我，那些朋友圈里那么有趣的人都是怎么炼成的？

首先，你得是个有趣的人。

有趣这件事，是装不出来的。

你得从改变思维模式开始，不要一遇上事就被情绪吞没，而是第一时间想想有什么解决办法。更不要试图在朋友圈里求安慰，情绪不好的时候，不妨一个人待会儿或者找个好朋友倾诉。

其次，你得活出自己的样子。

不要别人说这件事显得很 low，就放弃让朋友知道好玩的事。

有趣没有绝对的标准，我们也早已告别了那个内敛羞涩的时代，大可以在每一个舞台展现自己，只要是你真正喜欢的，尽可以大声表达。

想来，这两者也是相辅相成的。

没有实力，自然没有随心所欲的底气，处处要想着怎么样不让自己跌份，不被人看出破绽。

相反，不敢真实表达的人，也大多不敢让自己活得太有趣。

因为害怕自己离群索居、被平凡的世界抛弃，所以压抑与人分享的天性，宁愿过一种不冷不热的日子。

朋友圈里的有趣要靠一点儿心思，一点儿故意。

不是为了取悦和认同，而是为了让更多人看见这个世界不同的角度和方面。

但又不刻意，因为那些有趣的事都是由内而发的真心话，这恰恰是一个人修养和境界的体现。

看一个人的层次高低，吃顿饭就知道了

文 / 温暖小武

01

曾经在饭局上，遇到一个公司老板，他事业有成，魁梧英俊，气度不凡。

能被这样的人邀请，我们都觉得很荣幸。

可是，没一会儿，我们对他的印象就来了个一百八十度的大转弯。

饭桌上，他会跷着二郎腿，旁若无人剔起牙齿。剔下来的东西，大大咧咧抹在桌布上。

遇到喜欢的菜肴，他就把筷子伸进去，又拨又挑又甩，戳戳点点。他夹过的菜，别人都觉得很难下咽。

有一道菜上得有点晚，他就叫来服务员，摆出霸道总裁脸，呵斥道："上菜上那么慢，老板都白给你们工资了！"

服务员是个温柔胆怯的小姑娘，红着脸，嘴唇颤抖，连连赔不是。

他却不依不饶，对她吼："道歉有什么用？你得给我们多送两个果盘！"

小姑娘被吓得快哭了，她没这个权限呀。同桌的人赶紧出来打圆场，他才斜着眼睛，冷笑两声，叫她快滚。

过了一会儿，咂了两杯小酒，他情绪又好了，开始讲荤段子，讲得唾沫飞溅。他用词豪放百无禁忌，不顾在场的女士面红耳赤、各种难堪。

那顿饭，我们吃得糟透了。面对满桌佳肴美酒，完全提不起兴致，只怪时间走得太慢。

莎士比亚曾经说：**“在宴席上，最让人开胃的就是主人的礼节。”**

赴宴时，能让人觉得开心尽兴的，不是饭的档次，而是人的层次；不是酒的价钱，而是你的习惯。

一个行为鄙俗、举止无礼的人，即使他出手阔绰请客埋单、功成名就家财万贯，也不会让人觉得他层次高贵，只会觉得他是个庸俗的土豪，没有修养只有家产。

而如果一个人谦和真诚、风度翩翩，在饭桌上就能让你如沐春风。他在个人举止、交流方式、做事态度等许多方面，都会有很好的表现。

餐桌礼仪，是一个人文明程度的缩影、内在修为的体现，既简单又直观。

看一个人的层次高低，吃顿饭就知道了。

02

上大学时，有一次，我跟几个朋友一起吃饭。

饭桌上有位小师弟，眉目青涩，木框眼镜白衬衫，看起来十分文弱。

虽说年轻，但他跟周围人的互动却成熟稳重。

点菜的时候，大家互相推托，都懒得点，都说“我随便”。

他就主动把菜单拿过来，征询了一下大家的喜好、忌口，问了一下服务生饭菜的份量大小，然后轻声细语，开始点单。

他挑的菜，荤素合理，营养均衡，既有家常菜，又有店家的特色菜，还考虑到了“东甜西辣，南淡北咸”，照顾到来自不同地区的人的口感。

虽然那顿饭不用他埋单，他依然点得比较节制，五个人要了六菜一汤，外加小点心一道，基本能吃干净，不会浪费。

席间，他不会好勇斗狠，跟男生拼酒；也不会想方设法，给女生灌酒。

给女生倒酒的时候，他会轻描淡写点到为止；倒果汁时，则特别实在，多多益善，但也不会满得让你没法端。

吃饭时，他不慌不忙，细嚼慢咽，喝汤和咀嚼的时候几乎是完全静音的。吃过的鱼刺和骨头都干干净净，收到了碟子里。

他天生喜欢用左手，但他却用右手拿餐具，这样就不会跟左边的邻座相撞，让人家觉得不方便。

他不会一边嚼东西，一边开口聊天张嘴大笑。

但他会时不时停下筷子，跟在座的人闲谈，还照顾到特别内向的那一两个人，不让他们觉得被撇在一边。

因为宾主尽欢，那顿饭吃得非常久。

其间，他女朋友打了两个电话来查岗，他就压低声音，平心静气，温言软语，跟她好好解释，没有任何的暴躁和不耐烦。

饭后，等到大家都起身离开时，他还绕着桌子看了一圈，看大家有没有不小心丢东西。

我们常说："借一斑以窥全豹，以一目尽传精神。"

从饭桌上的一个个小细节，也可以看出整个人的层次。你的一举一动，都反映了你的教养和积淀。

层次高的人，他们有很高的情商，用餐时会想着别人，而不是只顾自己。

他们有很好的格局，吃饭时基本能照应到全体，而不是特别偏爱一小部分人，对其他的爱答不理。

吃饭时的风格和礼仪，确实能说明一个人的内在素质。

然而，如果过于看重礼仪，却又显得拘泥。

凡事有度，过犹不及。

03

我曾在一家不错的西餐厅，遇见一对男女。

男生显然已经来过好几次，轻车熟路，举止潇洒。

落座之后，他泰然地把雪白的餐巾对折，放在腿上面。

而女生，则像是第一次来这样的场合。

她很害羞，掩不住自己的忐忑，柔弱的小手紧紧扭住桌布边缘。

热腾腾的牛排端上桌之后，男的就开始数落女的，恶声恶气，说她不应该左手拿刀右手拿叉，完全拿反了。

女生开始切小牛排，男生就带着一脸不耐烦，说她切的方式不对。"你应该从一边开始切，怎么能从中间呢？这样切，死难看。"

女生托起红酒杯，男生又带着鄙视脸，责备道："端葡萄酒的时候，手不要碰到盛酒的地方！手掌的温度会影响酒的口感。笨死了，你握住杯脚就可以。”

那姑娘受到一连串的打击，已经是无所适从、心烦意乱，这男生却还带着“恨铁不成钢”的样子，一声长叹：“早知道，根本不该带你来这种地方。看你那挫样，真没规矩。”

我忽然想起来，礼仪老师曾经说过的一句话：**“一个人，在饭桌上的层次高低，不只表现在他是否遵守礼仪，还表现在当别人初出茅庐、不懂礼仪的时候，他会不会嘲笑、指责，有没有恶意。”**

“礼仪”的“礼”，本来就指的是尊重。所以，“礼仪”是指，在待人接物的过程中，通过自己的音容笑貌、言谈举止，让人感受到尊重，同时也尊重了自己。

如果把温暖的餐桌礼仪化为冰冷的教条，硬要求别人完美，伤了人家的自尊，那礼仪就失去了它应有的含义。

况且，这样也不会显得人很有层次、很有内涵，而只会让人感觉到刻板、偏执、过分地循规蹈矩。

04

饭桌上的事情虽然小，却能反映出很多东西，正如露珠虽小，却映射出世界的虹霓万千。

你吃饭时的举止、言谈、态度，能让人看出你的习惯。

你的习惯，取决于你的观念；你的观念，源自于你的内涵；你的内涵，又定义了你的层次。而一个人的层次和境界，是饭局上最好的名片。

这个世界，千人千面，但是，层次高的人，在饭桌上往往具有几个共同特点：

层次高的人，他们会在吃饭时，用礼貌约束自己。

在电影《王牌特工》中，科林·费斯演的那位英国绅士说："人无礼，无以立。"

礼貌，是一个人立身处世的根本。

而吃饭时也是如此，不能因为吃饭是司空见惯的事就完全放松肆意妄为，对别人的想法毫不在意。

一个人的层次，不止体现在事业上的运筹帷幄、决胜千里，对生意伙伴的文雅客气、彬彬有礼，还体现在餐桌上的不粗俗、不任性、不失态，对那些和你没有直接利益关系的人，对那些地位低于你的人，依然温和尊重，这才算是表里如一。

就像李嘉诚，有一次请马云等人吃饭，席间，他和所有人都握手问好，不但照顾到在座的企业家，而且还照顾到在场的服务员。

就像法国历史上的亨利四世，他会穿着普通的衣服，到农民家里，和大伙儿一起用餐喝酒，和善客气。

有时别人根本不知道，他们是跟国王在一起吃东西。

层次高的人，他们会在吃饭时真诚为别人考虑。

他们不会光顾着自己，而会想着别人的饮食健康、口味爱好、心情感受以及主人的经济承受能力。

就像《红楼梦》里的薛宝钗，宝玉到她那儿吃饭，宝钗会周到地给他温酒，不让他喝凉酒，这样养胃又暖身。

贾母要给宝钗办生日宴席，问她想吃什么东西，爱听什么戏。宝钗照顾到老人家的喜好，就点了熟软的食物，热闹的戏文。

有一次，史湘云想请大家吃饭。宝钗知道她不宽裕，怕她破费，就替她创意，并资助办了一场螃蟹宴，让大家吃得尽兴，皆大欢喜。

就像我那位小师弟，他从点菜到用餐，直到离席，全程都很走心。

跟他吃饭，一点儿都不累。

虽然不是他埋单，大家却记住了他慷慨付出的体贴和善意。

05

俗话说得好："民以食为天，食以安为先。"

一个层次高的人，一顿饭，必定会让你吃得心安，而不是坐立不安，觉得被忽视、被孤立。

层次高的人，他们会在吃饭时宽以待人，严于律己。

他们也许精通西餐礼仪，懂得许多规矩：红酒配牛肉，香槟配鲜鱼，用汤勺的方向是从里到外，取刀叉的顺序是从外到里。

然而，他们并不苛求别人也能做到同样。

他们知道，吃饭时是恋人约会，或者朋友小聚，不是总统就职仪式，不是皇家加冕典礼，何必一板一眼万事周全。

如果别人的行为无伤大雅，又对他人没有妨碍，他们就会淡然以对，一笑而过，而不会偏执地挑剔。

如果在这样的事情上硬要钻牛角尖，那其实不是层次高。

层次这个问题，在饭桌上体现得特别清晰。

世界顶级礼仪大师威廉·汉森说："善于观察的人，只用一顿饭的工夫，就能知道你父母生活的背景怎样、你的教育背景如何。"

这背景，未必是指钱财。竹篱茅舍，也有谦谦君子；高堂广厦，也有纨绔子弟。

我们说层次，主要是指生活教养、精神素养，而不是经济财力。资产是硬通货，层次是软实力。

一个层次高的人，即使目前暂时不算富有，心灵也是无比丰裕。在饭桌上，他总会与人为善，待人以礼。

而一个很有钱的人，若仓廪实，而不知礼节；衣食足，而不懂荣辱，也会让人鄙夷。

狄德罗说："作为文明人的我，离不开美食。"

而享受美食时的好心情，往往取决于你同伴的美意，取决于他们的文明程度、层次高低。

层次高的人，都很会吃饭。跟他们吃饭，都会心生欢喜。

精神层次越高的人越谦逊

文 / 温暖小武

01

曾经听老师讲过这样一件事：有一年，招聘教师的时候，我们学校收到一份非常光鲜的简历，应聘者毕业于国内顶尖的985高校，后来在常春藤盟校拿到博士学位。

他主持过很多研究课题，发表过十几篇英文论文，还出版过一部专著，有两年的教学经验。

学校对他的资质非常满意，就请他来试讲。

在面试现场，有几位德高望重的教授、几位行政领导，还有一群年轻老师来旁听，会议室里坐得满满当当。

但是，面对一屋子的人，应聘者并没有怯场。

他穿着整洁的深灰色西装，面带微笑，解说着幻灯片。

节奏从容，语言流畅，充分展示出了他的教学能力、他的专业水平。

虽然在场的人一致认为，他真的很强，但是，这个人最后却没有应聘成功。

因为，在讲课前，工作人员给他端来一杯清茶，他却只用鼻孔对人家哼了一声，看起来高高在上。

在整个讲课过程中，他一直是坐着，不愿站起来演讲；他跷着二郎腿，时常抖一抖、晃一晃。

课讲完之后，台下的人开始提问题。如果提问的是年轻老师，他在回答的时候都不正眼看提问者，只赏给人家一撇傲慢的余光。

所以，领导的一致意见是：这个人够厉害，但不够谦逊。

亚里士多德曾经说过：**对上级谦逊是本分，对平辈谦逊是和善，对下级谦逊是高贵，对所有人谦逊是适当。**

招聘者想要的永远是一个谦逊有礼、有团队合作愿望的员工，而不是一个骄傲的刺儿头，哪怕他自带光芒。

一个组织和机构，讲究的不是单打独斗，而是团队形成合力，锐意向上。

所以，招聘看重个人能力，更看重合作能力，看重专业素养，更看重精神涵养。

个人的资质反映了你的经验和本领，但谦逊的品质却反映了你的层次和境界。

培根曾说：“对一个人的评价，不可视其财富出身，更不可视其学问的高下，而是要看他真实的品德。”

决定一个人层次高低的，不是出身的学校，不是自身的学问，而是品质和修养。

精神层次越高，越懂得虚怀若谷、大智若愚，而不是自命不凡、唯我独尊。

精神层次越高，越懂得谦和礼让、平和礼貌，而不是眼睛长在头顶上。

那些高层次的人，哪怕著作等身、美名远扬，也依然低调。

就像本杰明·富兰克林，他待人温和谦逊，虽然获得过一百多个头衔或学位，却认为自己只是个印刷工，一无所长。

就像牛顿，他从不居功自傲，而是认为，他获得成就，是因为站在了巨人的肩膀。

这样的人，才是拥有情商和气量的人，才会受到欢迎和欣赏。

真正层次高的人，都很谦逊。

一方面，他们的言谈举止，总是很得当；另一方面，当别人对他们的言行提出建议的时候，他们的反应也很妥当。

02

有一次，京剧大师梅兰芳在戏院演出《杀惜》，观众使劲喝彩，拼命鼓掌。

在一片叫好声中，唯独有一位衣着朴素的老人大声喊道：不好，不好。

梅兰芳并没有因为被当面叫板而恼羞成怒，也没有因为老人说话不中听就把他的意见抛在一旁。

戏演完之后，梅兰芳不待卸妆，就跑到台下，找到这位老人家。

他雇了一辆车，恭恭敬敬地把老人请回家奉为上宾，跟他讨教：说我孬者，是我师也。先生言我不好，必有高见，请不吝赐教，学生决心亡羊补牢。

老者看他既有敬意，又有诚意，便对他说，在刚才那部戏里，主角上楼和下楼的台步，按梨园规定，应是上七下八，你为何却演成八上八下？

梅兰芳听了，恍然大悟，连连道谢。

从那以后，每次梅兰芳演出的时候，都要请老人去评点，并把他尊称为“老师”。

精神层次越高的人，越是虚心，他们不会恃才傲物，而是永远保持着开放、平和与探索的态度。

因为他们知道，世界上没有完美的人，自己还需要不停进步。他们知道，高手在民间，人不可貌相。

层次低的人，刚愎自用、故步自封，他们让别人难以接近，也让自己难以成长。

层次高的人，海纳百川、博采众长，他们尊重别人的建议，也让自己避短扬长。

他们不但会善待建议，还能主动去向别人学习。

戏霸陈道明老师曾在电视剧《我的前半生》里面客串，戏份并不多。但是拍摄完自己的戏份之后，他并没有离开片场，而是默默在一旁看别人演戏，一边思考一边端详。

他曾经说，尽管自己是前辈，但是也要摆正态度，永远保持一颗学习的心。去看看正值当年的人是如何表演的，好让自己在每一次学习中都能提升演技。

他没有因为自己是老戏骨就指手画脚，或者不屑一顾，而是尊重年轻的演员，始终把自己跟他们放在平等的位置上，跟他们互学互帮。

高层次的人，都有这个特点：态度谦逊。

因为谦虚，他们不骄不躁，不耻下问；因为谦虚，他们尊重每一个人，向对方学习，无论别人是年轻还是年长。

他们认为，“三人行，必有我师”。他们心怀谦卑，择善而从，于是，自身就越来越完美，层次也越来越高。

03

精神层次越高的人，越谦逊。

他们不会过度宣传自己的名号，消费自己的名望。

2016 年，一位叫梁益建的医学博士入选“感动中国十大人物”。

组委会给他的颁奖词是：自谦小医生，却站上医学的巅峰。

他是国内最顶尖的重度脊柱畸形矫正专家，但却谦虚地叫自己“小医生”。

从他成为感动中国人物候选人开始，他所在的医院就沸腾了。

可是，他并没有借机表现自己，仍然像平常一样给病人查房，调整他们的矫正支架，认真做手术，一如既往。

当选之后，面对身边人铺天盖地的夸奖，他摆摆手，微笑，得奖是一种鞭策。

记者跟他提到获奖的事，他毫无夸耀之色，只是严肃地说，这个荣誉太大了。

有人高薪聘请他，但是都被他婉言谢绝：我哪里都不去。

他最在意的，不是借着奖项升官发财、声名远扬，而是继续治病救人，让患者直起腰板走路，神采飞扬。

04

精神层次越高的人，越是谦逊谨慎，他们戒骄戒躁、淡泊名利，在自己的领域里精耕细作。

古今中外，莫不如此。

就像孔子，他是著名的教育家，博闻强记，德高望重，桃李满天下。

但他却说自己不是圣贤，不算博学，这些称号都不敢当。

他只想朝着好的方向努力，做到求学而不厌烦，教书而不疲倦，也就满足了一生的愿望。

就像诺贝尔，他是瑞典的杰出化学家，贡献非凡，但谦虚至极。

他觉得自己没有重要事迹，写了份自传，只有寥寥几行。

他说：在宇宙的旋涡中，有恒河沙粒那么多的星球，而无足轻重的我们，有什么值得去写呢？

这些人的谦虚和努力，使得他们的层次和境界达到旁人难以企及的高度。

孔子把毕生精力献给了教育，传道授业，带出三千弟子七十二贤人。

诺贝尔把毕生财富献给了社会，创立了诺贝尔奖。

他们让我想到网上的一句话：什么是上流？不是有权有钱，而是往高的方向行走，努力超越个人的私欲，自我提升与超越，服务社会，利益他人，积累福德，此为真上流。

精神层次高的人，重视的不是权钱名利，而是不停努力，把精力投入到工作中。

他们越是低调，越让人高山仰止；越是自谦，越让人敬重他们的风度和气量。

层次高的人，不忽视为人处世时的礼仪。他们自己才华满腹，但不会在别人面前很作、很装，一副傲慢样。

层次高的人，不忽略待人接物时的尊重。对别人的忠告，他们会虚心聆听，由衷感谢；对别人的本领，他们会虚心学习，由衷欣赏。

层次高的人，不忽悠自己的成就。他们知道，时间悠远，宇宙苍茫，在这一切面前，人类及其成就都显得那么渺小。

于是，他们谦卑地低下头，就像饱满的谷穗，埋着头，不停地生长。

卢梭曾说："最有学问和最有见识的人，总是谦虚谨慎的。"

精神层次越高的人，就越是谦逊。他们看起来很朴实，但他们的才情让人钦佩，他们的格局让人景仰。

Part 5

第五章

聪明的人只过 1% 的生活

不幸福感不是因为我们拥有的不够多，而是因为我们拥有的太多，是时候给自己的生活做减法了，清除那些无用的杂物，我们会发现自己身心愉悦，身轻如燕。

你为什么总是情绪疲惫？

文／温姬拉

01

前段时间我一直觉得很疲惫，总觉得有很多事要做，然而一天结束，又没做成事。

不只我，像这样碌碌无为又十分焦虑的人在我询问朋友的比例中，达半数以上。

总结起来，原因有三。

一是工作不如意，价值感和成就感很低。

每天工作感觉就是在混日子，而非通往自己喜欢的道路。

二是人际关系很令人烦恼。

男朋友、女朋友、父母、家人、亲戚、好朋友……总会有不同程度的负面情绪干扰。

三是业余生活密度低。

每天工作、家庭已经让自己万分疲惫，想培养的兴趣、想完成的旅行，一直在搁置。

和朋友圈里一个个去旅行，或者兴趣技能培养得很好的人相比，自己还在原地踏步，这种状态比较让人焦虑。

以上，只要占据一条，你都会很容易情绪疲惫，活得很累。

什么是情绪疲惫？（emotional exhaustion）

它是指情感在动力性、激动性、强度、紧张度上存在着的对立状态。人的任何一种情感，都有一个度。过度紧张也可能引起抑制，使情绪疲惫。

从强度上看，各类情绪情感的强弱是不一样的。例如，从愉快到狂喜，从微怒到狂怒，从好感到酷爱等。强度在增加，但是从悲伤到狂喜，从愉悦到绝望，情绪情感的变化频率过快过高也会引起情绪疲惫。

这就是谚语“切忌大喜大悲”存在的原因。

情绪疲惫比心理疲劳囊括的范围更广。

心理疲劳是指人长期从事一些单调、机械的工作而对工作与生活的热情降低，直至产生厌倦情绪。

而如我一般碌碌无为，那 50% 以上的人，显然是情绪疲惫。

02

不久前，我在某社交网站上注册了一个账号，因为头像放得好，有不少人前来搭讪。

本以为可以拓展自己的圈子，认识到有趣的人。谁知，烦恼也来了。

一是每天早上我都要花不少时间，删除无聊的搭讪记录。

二是要花时间和精力去评估别人，志趣是否相投，谈吐是否有修养，然后才决定要不要让他通过申请。

三是为了维持在陌生人圈子里的形象，我说话、发朋友圈都要经过多次思考，最终决定说或者沉默。

四是有人找我聊天时，为了不尴尬，我要找话题，回复也要经过思考。这样写对不对？会不会让对方觉得不舒服？我这样说会影响别人对我的正确评判吗？

果然，人多了，关系就复杂，关系一复杂，标准就单一。处理完工作后，已没法处理太复杂或太多的人际关系。

连续登录五天，感觉身体被掏空，情绪从有陌生人赞扬的狂喜，到为陌生人的不友善愤怒和失落，整个人疲惫不堪。连带着我对工作和业余写字的热情也减少。

连现实生活都过不好了，还跑去过网络生活？

于是，我取关了网络上的人，删除了自己的网络 ID，卸载了那款 APP。

一身轻松。

又回到我跑步、工作、写字的生活里。我发现自己爱极了这种有规律的生活和简单的人际关系。

笑对同事，调侃舍友，给父母多打打电话，抽空回趟家，腾出更多时间处理工作上的问题，或者偶尔找一两个好友聚聚，聊聊天。这样的日常，已经够了。

因为自己非得整出个幺蛾子得到的教训，让我更珍惜当下的生活——减负轻生活。

此前因为要考虑网络上大量的人际关系，心理上本就有负担，加上花费时间、精力去处理，导致无法集中精力投入到一件事上——

比如工作，比如学习。

因为没法专注，所以没有成就，不良情绪滋生，又跑回网络上扩散……如此恶性循环。

后来发现，写一篇有思考的日记比跟陌生网友闲聊的成就感大得多；来一次 40 分钟的晨跑，大脑分泌的内啡肽，让我情绪愉悦的倍数是陌生网友赞美的数倍；和好朋友面对面现实聊天，能解决问题，而与网友聊天，往往滋生问题……

简化人际关系，有规律地生活，活在自己打造的舒适圈里，更能专心做好每一件事。

如果仍有精力，就去做自己喜欢的事，比如跑步、逛图书馆、看电影、学尤克里里……

我告诉自己：快乐来自我们自己的壁炉边，你在陌生人的花园里摘不到快乐的花朵。（《雾中回忆》）

这种略有盈余的舒适生活，很充实满足。别说有多大成就，至少避开了大部分情绪疲惫的可能。

03

我的上司 Angel 有一套很好的情绪管理法则。

每每看她的朋友圈，不是在感恩就是在感谢美好，感觉好运总伴随她。

她是真的如此幸运？还是解决问题的能力强大到远远超出普通人？

不，不是的。她和我们一样是普通人。

只不过，她喜欢“不追问过去”“多畅想未来”。

近期，她去不同地方做了好几次演讲。

每次演讲的主题都一样，内容则会根据面向的受众做更改。

最近一次演讲，对方公司很重视，不仅挑选了最好的会议室，有一面墙那么大的投影，还特意邀请了公司的高层来听。

然而，那次 Angel 发挥得很一般。

一上车，Angel 就跟我说：这是我这么多次演讲中最不好的一次，比我昨晚和他们对稿都要差。

刚说完，转脸又对我笑着说：不过没关系啦，走，咱们去吃好吃的，犒赏一下自己。小龙虾 ok 吗？

我脑子还没转过来：“您没事吧？”

“没事啊，错了就错了，过了就过了。赶紧去吃饭，下午还要去另一个地方做事。”

错了就错了，过了就过了。

这才是情绪最大良性化的秘诀。

及早把自己从过去的错误和遗憾中抽离，投入到另一件事上，是对自己负责。

未来比过去重要。

04

人们往往容易想明白一个问题，但却无法改变现状。这是因为执行能力跟不上思维转换。

这时候，夹在中间的情绪就受罪了。

曾有同学问我为什么总能笑得那么灿烂，哪怕才刚刚出糗完？

我说：没有谁在乎我的出糗啊，而且，我也不想的。过了就好，要宽以待己啊。

那同学是个比较悲观的人，总想着过去如果自己能多努力一些，现在也不至于过得这么落魄。

同学家里亲戚建了个群，她总会在里面汲取到无数负能量，各种比较、各种不如愿、各种悲惨、各种抱怨。

她又是喜欢替别人操心的人，想着尽力为他们解决问题。最后，问题没解决，她自己也吃力不讨好，整个人心力交瘁。

我告诉她：屏蔽群，把自己隔离起来。如果事情真的那么重要，他们会打电话给你。如果没有，事情已经解决。

前几天，那个同学来广州找我。

她整个人气色好了很多。她说，现在她会特意腾出自己的私人时间，不接电话，不开网络，就做自己想做的事。

几小时私人时间过去，发现并没有什么未接电话和其他网络消息找她。

"以前总把自己想得太重要。"她笑了。

是啊，人们总习惯往自己身上套很多不必要的责任，然后解决不了，自我愧疚。

人们也总习惯于怀念过去，不可自拔。想着过去自己怎样怎样，现在就会怎样怎样。

呵呵，狡猾的人类。从来只想把该受的罪留给过去的自己，却不舍得让现在或未来的自己多努力一下。

不要总想着改变过去，那会把你困在原地，甚至你的未来也会变成你的过去。

那现在怎么办？

解决方法很简单。

简化关系，规律生活；不纠结过去，遗憾和失败都已无法改变；给自己设定目标，去努力达成，不要担心自己会犯错。

再大的错误和洋相都会被时间冲淡。问问自己，小学体育课你裤子裂开那会儿是不是想死？现在是不是想笑？

删掉几个不必要的 APP，删除无用的网络 ID，列出近期奋斗目标如涨工资 500 或者跑一次马拉松，然后去做。

但一段时间内不要同时做几件事情，最好不要超过两件。因为，过多的事情和选择会让我们产生决策疲劳，消耗精力。

承认自己不可能什么都做得到，然后给自己腾出私人时间：做自己喜欢的事，想明白一些问题。

一个人有所成就往往是独处时。因为关系简单，需要做的决策少，不轻易疲劳，才有更多精力投入到想完成的事情里。

如果做了以上尝试，你再问问自己，想回到过去吗？

如果是“想”，麻烦把文章从头到尾再看一遍，或者转发给朋友一起看，好好交流探讨。

如果是“不想”，恭喜你，你成熟了，情绪也处于非常好的状态。

然后，相信现在的自己比以往任何一个时刻都好。

未来，也将继续好下去。

傻热闹聚会，正在毁掉你的人生

文 /Jenny 乔

01

每逢假期，聚会是少不了的活动。

不少人都爱扎堆，爱凑热闹，总觉得朋友越多越好，谁知道哪个能在关键时刻拉你一把呢！

于是，就有了一种独特的傻热闹聚会文化。

说起聚会，就不得不说饭局、酒局。有些人特别在意这种局，因为正事儿、闲事儿都得在饭局上说。

甚至有人曾经跟我说，事情能不能办好，取决于吃没吃好，喝没喝好。

于是，每个人都一边咒骂应酬，一边整装待发地准备应酬。

春节前，隔壁销售部入职不久的一个东北小伙还跟我抱怨，公司的饭局太多了，自己实在吃不消。

去吧，得喝得烂醉如泥，自己刚结婚，今年还想要小孩，成天被老婆骂。

不去吧，又生怕错过饭局上的什么重要人物，一想到同事们在酒局上谈笑风生的场面，再痛苦，也得咬牙去。

可是，就这么坚持不懈地喝了一年多，却还是一副屌丝样。

本来我以为他想说，以后不去应酬了。可没想到，他其实想问我，为什么喝了这么多酒，效果不大，到底哪儿没喝对？

原来，过年前，他受了一次不小的刺激。

一个他在酒桌上主攻了一年多的客户，今年春天有个大项目，他觉得自己胜券在握，毕竟自己陪了那么多场酒，没有感情，也有人情在。

谁知道，客户翻脸不认人，分分钟把项目给了另一个同事。

据说，因为这件事，他整整一天没出门，说要好好反思自己到底哪里没把客户伺候好。

想来挺傻的。饭桌上的老江湖，谁真的傻？

你有多大本事，能成多大事，每个人心里都有杆秤。你的能力无法被酒力所取代，酒桌上的感情也无法延伸到酒桌外。

可聚会上的傻热闹社交总给你制造一种假象麻痹你，让你养成一种惰性，好像不需要太努力，有朋友、有人脉就万事俱备。

可你却忘了，要想让别人欣赏你，你需要的是扎实的功底。

02

和饭局酒局相似的，还有一种更常见的傻热闹社交，就是同学会。

说同学会是傻热闹社交，很多人觉得太势利。都是老同学，谈什么利益得失，聚在一起就图个开心热闹。

可很多人都没想明白，自己到底为什么参加同学会？

人做一件事都有动机，参加同学会的动机无非有两种，一是情感诉求，二是物质诉求。

所谓情感诉求，指的就是回忆过去单纯美好的小时光，让你觉得世界没那么艰难。

所谓物质诉求，就是抱住一个大腿，还是让你觉得世界没那么艰难。

可我觉得，这两个目的都实现不了。

先说情感诉求。

情感诉求能实现的方法只有一个，就是共情。你哭的时候，别人会难过；你笑的时候，别人会开心。

可是同学会可以吗？

不行。

他们会听你哭诉，却理解不了你的苦；他们愿意安静地听你讲笑话，却get不到你的笑点。

他们不是不想，而是生活在不同环境里，理解真的很难。

如果非要说有那么几件事可以共情，那我觉得可能哭穷算是一个共同话题，但我从不觉得这件事值得抱团。

再说抱大腿，就更不能实现了。

两个人是老铁还是萍水之交，从来不取决于你们是不是曾经坐在一起吃过饭，或者认识了彼此多少年。感情的深浅从来都和聚会无关。

作者王欣曾经写过一篇文章《真正有钱人和穷人都不去同学会》，我深以为然。他说：

每年固定发起、参加同学会的最后都是相同的一群人。年复一年，同学会筛掉了飞得过于高的、走得过于远的、混得过于惨的、性格过于强的……剩下一伙彼此过得差不多、活在同一坐标系里的同学，每年固定约见相互确认“原来你过得还是这个样儿”，便可继续相亲相爱，同时安心地继续过自己或许是主流或许是随大溜的人生。

聚会上的傻热闹社交，浪费的是你原本可以提升自己的宝贵时间。

都说假期是一个人最好的升值期，可你却用这个时间和一群人一起自我安慰，这样的聚会可以说害人不浅。

03

有人可能会问了，既然聚会上有这么多的傻热闹社交，我们为什么还要执着地去参加聚会呢？

我想大体两种心理，一种是怕自己错过什么，一种是担心自己的拒绝会伤害关系。

因为人总抱着一种侥幸心理，总觉得如果我在聚会上多认识一个人，那我就能走一条捷径。

毕竟比起和别人吃吃喝喝，加班加点地学习工作可是费劲多了。

对无效社交的执着里，其实隐藏着一种聊胜于无的错误心理。

高效社交，从来不以广度论英雄，有深度的才算赢。

无数事实告诉我们，聚会是已有关系的一种延伸，他不能改变你在一个人心里的地位。

一个人能不能成为你的贵人，取决于你是谁。这也是为什么大部分人都在聚会上当了炮灰，却浑然不知。

第二种心态说的是担心别人离开你。

不知道你发现了没有，生活里越没有能力的人，越担心别人离开，他们不知疲倦地维护着其他人的感情，生怕丢失了一个“朋友”。

有一次和同事一起下班，他打起了电话，说：“今天我和朋友一起吃个饭，晚上估计回家晚，你和儿子早点休息吧。”

我说：“怎么着今天又出去应酬呀。”

他说：“也不是，就是几个朋友好久没见了，一起喝点酒聚聚，本来还说陪儿子去看个电影呢。但是没办法，怕这次拒绝了朋友，下次朋友就不叫我了。”

大家都在忙着维护那脆弱的酒肉朋友关系，却从来不会想起去维护家人的感情，而不会离开的家人慢慢就成了牺牲品。

在很多人看来，好不容易认识的朋友要好好地维护，不管是什么时候的酒局，为了朋友的关系也要参加。

为了聚会而聚会，这件事本身就是一种浪费。

存在感从来都不是刷出来的，或者说，不是靠出现在聚会上刷出来的。

不知道你发现没有，生活里，总有那么一些人很少参加聚会，却总被人提起有多优秀，因为他们的优秀和成就就是最好的宣传语。

其实，低质量的社交不如高质量的独处。

因为无效的傻热闹式社交会耽误我们原本可以用来提升自我的宝贵时间，也让我们陷入一种热闹的假象里，以为自己有很多朋友，生活热气腾腾，打通了各种人脉。

其实，那种感情不过是建立在沙滩上的城堡，根本经不起风吹雨打。

聪明的人只过 1%的生活

文 / 叮当猫

01
拥有并不等于幸福

在某一个天气极好的周末，乔舒亚和太太金决定对家里来一个春季大扫除，先从清理车库开始。

但是他发现，这并不是一个简单的活，东西堆叠得杂乱无章，零碎又烦琐，耗费的时间要比自己想的多得多。

正烦恼之际，他邻居说的一句话让他醍醐灌顶，并让他下决心改变自己的生活方式。

邻居说：**“你拥有得越多，被占有得也就越多。”**

他第一次意识到困扰他的东西，就是那些可能一辈子都不会用到但又舍不得扔掉的落满尘埃的杂物。

他忽然想通了，有时候拥有并不等于幸福。

我们生命中那些堆积如山的杂物不仅不能给生活带来幸福，相反，它们还会分散我们的注意力，让我们无法痛快地去做真正让自己幸福的事。

不幸福感不是因为我们拥有得不够多，而是因为我们拥有得太多，是时候给自己的生活做减法了，清除那些无用的杂物，我们会

发现自己身心愉悦，身轻如燕。

通过极简主义的生活方式，人们可以从已经拥有的物品束缚中解放出来，重新找到自由的感觉，并能投入更多精力、财力去追求自己更伟大的梦想。

极简主义令生活更美好，它倡导少即是多，拥有更多机会要比单纯积累物质更有价值。

清除掉99%对自己无用的东西，然后集中精力过好剩下的1%的生活，你会获得更丰盈的人生。

02

越简单，越美好

在我们的生活中，充斥着各种各样的工具、各种各样的物质消费品。

我们拥有得越来越多，但是属于我们自己的空间却越来越少。

男人们买汽车、换手机，越来越频繁，大多数时候都不是因为旧的不能用了，而是有新的产品出现了，而拥有新的产品代表着地位和尊严。

女人们受不了“马云爸爸”的刺激，疯狂地“剁手”，衣柜爆满，桌上的化妆品能用到2020年，却还在感叹怎么没衣服穿了、没乳液没面膜了等等。

买东西变得越来越轻松方便，只需要手指轻轻一点，但是我们自己有没有越来越轻松呢？

答案显而易见，我们越来越感到负担和疲累。

错综复杂的社会环境，日渐沉重的生活压力，还有那不断膨胀的欲望，都是人们肩头上的负担，压得人喘不过气，逼得人渐渐迷失自己。

我们都在感叹：自己想要的生活已经越来越遥远。

我们是时候丢掉那些没用的东西，丢掉那些负担，丢掉那些多余的想法了。

极简主义的美好，并不在于它带走了什么，而是给予我们的东西。

拥有更少物品的生活总能让人感到自由，给人以蓬勃的生命力，它使我们在精神层面得以扩展，而不仅仅是依靠物质的积累。

03
如何极简

极简听起来很美妙，那么具体该怎样极简呢？

我认为可以从以下几方面做起：

物质：只拥有必需之物

你听说过二八法则吗？这是个普遍规律，这一法则在很多领域都适用。

我们在80%的时间里只使用自己拥有的20%的物品，我们在20%的时间里才会用到另外80%的物品。

我们拥有过多选择、过多诱惑、过多欲望和过多食物，似乎不再懂得过简单的生活，可唯有摒除这些身外之物才能发现新世界。

不再拥有过多的东西，你才能省出更多时间来关注真正重要的东西。

扔掉那些不需要的东西，让自己的大脑更轻松，专注于新一天的开始。

金钱：不要太穷，也不要太富

生活如此复杂，多数是因为没有摆正金钱的位置。

我们总是觉得幸福与拥有更多物质有关，与拥有更多金钱有关。

其实，物质和金钱只能满足表面的匮乏，要不然你不会依然感到不幸福，不会在购买了一件东西后再次不满足。

令我们不满足的根源不在于物质和金钱，而是我们自己。

把钱分为两部分，第一部分用于维持高质量但简约的生活，余裕的第二部分用于实现梦想。

时间：少浪费就是拥有更多

时间，是我们最宝贵的财富，是每一天纯粹属于我们的东西。

忘记昨天，不惶恐明天，专注地过好今天，才是对待时间最好的方式。

让生活变得简单，我们能更精力饱满、轻装上阵、充满热情，才不辜负大好年华。

少浪费其实就是拥有更多。不在不必要的事情上浪费时间，给梦想、思考和悠闲腾出更多时间。

工作：做得越少，效率越高

工作中不打时间战，改变自己利用时间的质量，锻炼自己的注意力和排除杂念的能力，让工作更有效率。

把精力集中在重要的事情上面，每天做好工作计划和工作安排，清爽高效率地去做事情。

最后要说的是，不要在办公桌上积压太多杂物和生活用品以及文件，只留下必需品，极简才是高效率。

生活：慢下来，把日子过成诗

有规律地吃饭，放弃无用社交，做更多对自己身心有益的事情，比如跑步，或者徒步，或者看书阅读等。

简单来说，就是不要浪费时间在那些丝毫不会让自己变美好的事情上。

专注于自己和生活。

有人说，真正的成熟就是明白99%的事情都与我们无关，我们只需要过好自己1%的生活就好了。

04

慷慨就是幸福

在互联网高度发达的今天，对手机不离身的我们而言，可能最不缺的就是信息。各种软件上的无数商品、娱乐、社交、工作信息，几乎将我们淹没。

我们每天都好像很忙、很努力，但却越来越焦虑。脑袋像上紧了发条的钟，总是停不下来。

不断地买买买，更新自己，唯恐落后。不断地参加聚会，美其名曰积攒资源。

我们很少坐下来思考，实现那么多欲望真的有必要吗？占有那么多物质真的很幸福吗？试图和每个人都做朋友真的可能吗？

当然没有必要。

如果我们愿意彻查内心，就会发现，我们想要的东西太多，而真正需要的其实很少。

我们之所以那么累，就是因为成了“想要”的奴隶，放弃了对“需要”的觉知。

假如我们能遵循“少即是多”的极简主义原则工作和生活，也许就不会感到那么疲劳，我们也有了更多时间、精力去做人生中最重要的事——那些能让我们和他人变得更幸福、更美好的事。

拒绝那些多余的东西，在你拥有的一切之下，发现你想要的生活，这就是“极简”告诉我们的道理。

提高你生活质量的 10 件小事

文 / 霍辉

生活中有一些小事，看似平平淡淡、普普通通，却很重要，它能让你的生活更幸福。

1. 回家，请放下手机

越来越觉得手机像鸦片，多少人明明没事，也会情不自禁拿出来看两眼，刷刷朋友圈，看看新闻……

无论是在公交车上，还是在地铁里，在机场，在车站……

看到的都是低头玩手机一族。

看无关紧要的信息，浏览大量的网页，这些碎片化阅读获得的信息其实没什么营养，还伤眼伤颈椎伤身体。

不知你有没有这种感觉，看手机的时候，时间好像过得特别快，一抬头一两个小时过去了。

你的时间和精力被极大浪费。

所以，回家，请放下手机。

放下手机，欣赏你身边的美好；关掉屏幕，给你的亲人一个笑脸；离开微博，对生命中的另一半说我爱你；停止刷屏，陪爸妈聊个天。

心需要沟通，爱需要表达。

2. 和家人一起吃饭

不要认为工作忙、应酬多是成功的标志。

真正成功的人，不是那些忙着应酬的人，而是能回家吃饭的人。

和家人一起吃饭，虽然是小事，却非常重要。

培养出 6 个哈佛和耶鲁博士的韩国第一妈妈全惠星说，完美沟通的秘诀之一就是，全家每天早上一定要一起吃早餐，无论有什么样的状况，无论有多忙，在家里的家人都要一起吃早餐。

不单单是因为吃早饭对健康重要，这也是与家人交流的好时机，让全家人都有个好心情开始一天的工作或学习。

我倒觉得一起吃晚餐更重要。

辛苦了一天，全家围坐在饭桌前，这是一天中最美好、最轻松的时光了。

父亲结束了忙碌的一天，孩子结束了紧张的学习，母亲结束了操劳的一天，接下来就是一边享用美味晚餐，一边倾诉和交流了。

温暖的灯光、美味的晚餐、亲切的笑容、温柔的声音，都为晚餐增添了不少温馨。

每个人都打开心扉，尽情诉说当天的所见所闻、工作、学习、生活……

开心的、伤心的、疑惑的、郁闷的……统统都可以一股脑儿地倾吐出来，没有任何压力。

全家人一起分享快乐与烦恼。

即使有烦恼也没什么，餐桌上轻松快乐的交流，是最好的排忧解压方式。

所以，珍惜和家人的每一餐饭吧，无论多忙，也尽量抽空回家吃饭。

3. 和爱人外出旅行

每年外出旅行一次，和最亲密的爱人一起。

和爱人一起旅行，跟随着自己的心探索世界，可以锻炼心智、超越自我，并用全身心去享受这一切，发现不一样的自己和爱人，一路携手，让爱更成熟。

和爱人一起旅行，是这辈子难忘的记忆，它让爱更坚固。

因为最信任的人在身边，你可以更大胆冒险，在旅游中尝试新事物，挑战未知。

如果能一起克服这些未知的困难，感情中还有什么难关是不能克服的呢？

再忙也要抽点儿时间，和爱人来一场或远或近、说走就走的旅行。

执子之手，与子偕老，就从旅行开始。

不要辜负了美好的时光和这些年携手并肩、风雨兼程的TA。

不负时光不负卿，用心感受每个所到之处，不用多奢华的行程，在对方身边快乐地行走就是最幸福的事。

生活需要点儿新鲜感，爱也是。

其实旅行最大的好处，不是走过多少路、见过多少人、看过多少美景，而是执子之手，走着走着，在一个新的际遇下，重新认识自己，也重新认识TA和爱情。

4. 陪伴孩子，是最长情的告白

我有一个朋友，孩子上中学，他每天晚上都去学校接孩子下晚自习。

问他累不累，他说：陪孩子，是件幸福的事，怎么会累呢?

只觉得每天回家的路太短。

等孩子上大学了，就再没机会陪伴了。

正如龙应台所说，父母都有有效期的。

孩子在小的时候，父母对他们来说是万能的，是完全可以依靠的。

这就是父母对孩子教育的黄金时期。

等孩子一到了青少年时期，父母的有效限期就快到了。该说的，该教的，该做的，应该早就都做足了。过期后的父母再怎么努力，也比不过十年前来得有效了。

所以，必须抓住黄金时期，因为时间真的过得很快。

不要将来悔不当初。

在孩子小的时候，好好陪伴他。

给他讲故事，陪他看动画片，听他说话，带他玩，让孩子有一个幸福的童年、一辈子的美好回忆。

而长大后，他要面对繁重的功课、众多的压力、外面的精彩世界，还会有自己的朋友圈，和你在一起的时间越来越少。直到有一天，小鹰要展翅高飞，离家远行。

所以，趁现在，多陪陪孩子吧！

5. 给父母打个电话

张爱玲说：

有些人有很多机会相见的，却总找借口推脱，想见的时候已经没机会了。

有些话有很多机会说的，却想着以后再说，要说的时候，已经没机会了。

有些事有很多机会做的，却一天一天推迟，想做的时候却发现没机会了。

有些爱给了你很多机会，却不在意没在乎，想重视的时候已经没机会爱了。

我们和父母的关系就是这样。

可怜天下父母心，他们才是最爱你、最关心你、最不求回报的。

你有多久没给父母打电话了？

别天天忙碌自己的工作、生活，冷落了他们。

放下手头的事情，给爸妈打个电话吧，他们是最容易满足的。

这件普普通通的小事，恰恰是父母最需要的，而你平时却不在意。

尽孝就是这么简单。

6. 下一次厨房，准备一顿饭菜

生活需要一种态度，下厨亦是如此，将其视为一种享受，你会更幸福。

享受做饭的每一分钟，留出一片安静的小天地给自己，思考、创作，每一盘饭菜都是一件作品。

小小的成就感冲淡了烦琐生活中的苦闷，用食材勾画出真实的自己和别样的性情。

一般来说，家里做饭的都是女人。

上得厅堂、下得厨房的女人堪称完美。

像黄蓉，就是因为菜做得好，抓住了多少人的胃，得了多少命运的馈赠。

男人一般很少做饭，那么偶尔下次厨房，准备一顿丰盛的饭菜，定会给家人一份意外的惊喜和感动。

可口的饭菜让家人胃口大开，你心里的这份满足、这份幸福也会是满满的。

7. 收拾房间，断舍离

很喜欢这句话：“房子是租来的，可生活不是。”

干净整洁的房间为身心提供补养，也是对家人的关心和体贴。

收拾出窗明几净、整洁清爽的房间，心会豁然开朗，也非常有成就感。

收拾家里的破烂儿，同时也整理了心中的破烂儿，能让人变得开心。

这就是断舍离，通过整理房间来整理自己的内心。

扔掉那些不需要、不合适、不舒服的东西，留下现在需要、适合自己的东西，不只是房间变得干净整洁了，整个人都会感觉轻松很多。

收拾，不只是收拾过去，更是为将来创造一个空间。

8. 养点花花草草

养花养草能陶冶情操，有助于人的身心健康。

看着花花草草在自己的劳作下，长大、开花、结果，春赏花、夏闻香、秋看果、冬品青，会为我们增添无数生活乐趣。

每一种生物，都是有灵性的。

小花小草在人们的细心照料下健康成长，它们遵循自然规律生长、发育、成熟、衰老，我们也可以从植物的生长中感受到大自然的气息，感受到生命的韵律。

举手之劳，让自己多一份快乐的心情，让生活充满小确幸。

9. 独处，给生活点儿留白

在忙碌的工作中，在烦杂的家庭琐事里，在陪伴孩子的余暇，偷得浮生几日闲，停驻脚步，喘口气，一个人独处一会儿。

远离手机、电脑、电视，远离一切电子产品，远离一切学习和工作，只是静静地坐下来。

桌上只放一张纸，一支笔，一本书，一杯茶。

没有任何人打扰。

静静地读一本书，随便什么书籍或杂志都行，不求学到什么知识，只是静静地享受读书的过程。

拿起笔在纸上写写画画，可以练练字、抄抄文，也可以写写属于自己的心情故事，还可以涂涂画画，随意涂鸦。放松心情，放飞心灵。

品一口香茶，做一个好梦。

一个人，一张纸，一支笔，一本书，一杯茶，没有尘世的喧嚣，静享最美的时光。

10. 做一次生活的总结

岁尾年末，总结过去，展望未来，不仅工作要做总结，对自己的生活也该做个总结，让它成为一种常态，一个必不可少的程序。

尽管生活在不断变化，但不变的是我们对未来生活的憧憬、对生活的期待、对幸福的追求。

盘点我们的生活，你会发现过去的一年，你的生活到底是什么状态，离你向往的生活还有多远。

反省过去，发现不足，怀揣感恩之心迎接新的挑战，新的一年，你的生活一定一天比一天更美好。

认真过好每一天，放下手机，陪伴家人，回家吃饭，给父母打一个电话，精心准备一顿丰盛的晚餐……

所有这一切都值得用心体会。

平平淡淡的生活，也有最美好的味道。试着做一做这些重要的小事吧，它们会让你的生活感到更幸福、更美好。

世界上最奢侈的10样东西，你拥有几样？

文／飘

美国《华盛顿邮报》评选出世界最新的十大奢侈品，分别如下：

· 1. 生命的觉醒和领悟；

· 2. 一颗自由、喜悦、充满爱的心；

· 3. 走遍天下的气魄；

· 4. 回归自然；

· 5. 安稳平和的睡眠；

· 6. 享受真正属于自己的时间和空间；

· 7. 彼此深爱的灵魂伴侣；

· 8. 任何时候都有真正懂你的人；

· 9. 身体健康、内心富有；

· 10. 能感染并点燃他人的希望。

以上奢侈品，你拥有几样？

一、生命的觉醒和顿悟

生命的觉醒和顿悟是际遇，不一定与年龄有关，但与生命的历练有关。

某一天，如醍醐灌顶，“叮”的一声，突然醒悟。

周国平在《人生的三个觉醒》中说：

你不但是一个生命，更是一个独特的生命个体，一个自我。首先，这个自我是独一无二的，世上只有一个你。其次，这个自我是不可重复的，你只有一个人生。因此，对你的人生负责，实现你之为你的价值，是你的根本责任。

活在当下，将会使你生命、生活的每个层面多彩多姿。让自己活得清楚明白，对于现在物欲横流的社会来说，是多么难能可贵。

二、一颗自由、喜悦、充满爱的心

匈牙利爱国诗人裴多菲说：生命诚可贵，爱情价更高；若为自由故，二者皆可抛。

可见，人最不可缺少的是自由，我们每个人都是一颗自由的灵魂，拥有自由生长的灵性与个性。

世间万物，浓淡相宜间，是灵魂的默契；远近相安间，是自由的呼吸。做人做事，不以物喜，不以己悲，懂得自己喜欢什么，倾听自己的内心。

行到水穷处，坐看云起时，在经历风风雨雨后，拥有一份淡泊与宁静的喜悦。

世界因爱而感动，有些东西永远不会老，比如爱，比如希望。

每天都是新的一天，愿我们有一颗洁净的心、充满自由和喜悦的爱的心，有如莲花的花瓣，温柔而舒展。

三、走遍天下的气魄

世界那么大，你想去看看吗？坐井观天的青蛙永远不知道世界有多大。

生活，既要珍惜柴米油盐酱醋茶的平凡，又要有走遍天下的气魄。

只读书是不够的，古人说：闻之不如见之。亲见亲历，增长见识。

余秋雨在《行者无疆》里说：有人把生命局限于互窥互监、互猜互损，有人把生命释放于大地长天、远山沧海。

走遍天下，看得多，听得多，学到的自然也多了，心胸也豁然开朗。

不故步自封，博采众长，是取之不尽、用之不竭的财富。

四、回归自然

自然永远是最具包容性的。回归自然，会让我们感受到平静、美好。你可以去野餐、去探险、去浪，去体验生活。

陶渊明在《饮酒》中有一句诗：

采菊东篱下，悠然见南山。山气日夕佳，飞鸟相与还。

“悠然”既是诗人清淡而闲适的状态，也是山静穆而自在的情味，似乎在那一瞬间，用一种共同的旋律从人心和山峰中同时发出，融合成一支轻盈的乐曲。

自然的平静与完美，不会让人感觉焦虑不安。回归自然，远离尘嚣，让生命在自然的静谧中达到完美的境界。

五、安稳而平和的睡眠

人的一生有三分之一的时间是在床上度过的。

良好的睡眠可以使人们的大脑和身体得到休息、修整和恢复，有助于人们日常的工作和生活。

英国戏剧家、诗人莎士比亚说：舒服的睡眠才是自然给予人的温柔的令人想念的看护。

日本教育家木村久一也说过：无论大人还是小孩，都应抱着对明天的欢乐期望而入睡。同时，也应以愉快的心情早起，这是长寿的秘诀。

睡眠除了可以消除疲劳、使人体产生新的活力外，还能提高免疫力、抵抗疾病。

有安稳而平和的睡眠，才有健康的人生。

六、享受真正属于自己的时间和空间

每个人都是独立的个体，需要享受真正属于自己的时间和空间。

一杯清茶、一本心爱的书、一次冥想、一小时健身，静静地思考，静静地听音乐……或者干脆什么也不想，就坐在那里发发呆，也能将心灵释放。

梭罗在《瓦尔登湖》里说：我爱独处，我从来没有发现比独处更好的伙伴了。在多数情况下，我们外出，到人们中间去时，比待在自己的屋子里更为孤独。

当一个人已经真正地体会了单独的喜乐，那么再也没有什么东西能够把他从他的单独那里引诱开，那么他就再也不会想和什么人搞在一起。

在自己的时间和空间里，学会倾听自己的心声，自己与自己交流，这样才能逐渐形成一个较有深度的内心世界。

七、彼此深爱的灵魂伴侣

灵魂伴侣，不是特定的一个对象、一种关系，它随着我们的成长阶段而呼应显现，会呼应出同等的频率对象。

灵魂伴侣并不一定跟我们终生不离，他的特质在于彼此心灵上的信赖和善解。

有一个人能够互相理解，彼此深爱，可以依赖又相互独立，是多么难得。

龙应台在《目送》里说：所谓了解，就是知道对方心灵最深的地方的痛处，痛在哪里。

与君初相识，犹如故人归。灵魂伴侣，是精神上的高度契合，能带给我们精神上很大程度的满足。

八、任何时候都有真正懂你的人

懂你的人，可以称作人生的知己。

他能在你的眼神里读懂你的想法，能看穿你盔甲下的脆弱，能看穿你笑容里的寂寞，能看穿你欲言又止的无奈。

懂你的人，不必解释，他是安静无求的。远远地观望，不言不语，完全地给予，无怨无悔。

懂你的人，能够感知彼此相知的心灵，便是最暖的感应。

鲁迅说：人生得一知己足矣，斯世当以同怀视之。

懂你的人，比爱你的人更珍贵。人生路上，任何时候都拥有真正懂你的人，是幸运，也是幸福的。

九、身体健康，内心富有

有句话说得好：一个人的身体健康是 1，而财富、感情、事业、家庭……都是 1 后面的 0。只有依附这个 1，0 的存在才有意义。如果没有了这个 1，那么一切将不存在。

柯蒂斯说：幸福的首要条件在于健康。健康是智慧的条件，是愉快的标志。

不要在年轻的时候透支身体，这会使你痛苦不堪。

养生，其实是养身和养心相结合。

世界上最悲哀的是：人在天堂，钱在银行，老婆躺在别人床。

有了健康的身体，才会有内心的富有。内心富有的人，善良、正直、充满正能量。

星云大师说：心灵的富有才是真正的富裕。内心越是富有的人，越是看起来简单。

内心富有的人，与世界为善，不跟人计较，也不跟自己计较。

十、能感染并点燃他人的希望

在自身需求得到满足以后，通过帮助他人来提升自我价值。

所谓“积善成德，而神明自得，圣心备焉”，没有什么比点燃别人的希望更能振奋人心了。

爱因斯坦说：一个人的价值，应当看他贡献什么，而不应当看他取得了什么。

人只有献身于社会，才能找出那短暂而有风险的生命意义。一个能感染并点燃他人希望的人，是对社会有价值的人。

最美好的人生途径就是创造价值。

这十大奢侈品都跟物质无关，从来不是用钱可以买到的，需要我们回归本心，用心思考，发现我们到底缺失的是什么，然后学会自己去探索、去发现。

Part 6

第六章

你的善良里藏着你的贵人

爱出者爱返，福往者福还，善良终会回到你身边。而你的善良里一定藏着你的“贵人”，当你陷入困境时，也总会有人善良地对待你，让你度过“险境”。

精神层次越高的人越善良

文 / 林子树

01

去年夏天，合作公司的张总请我们王总吃饭。

为了方便，王总让我作陪，吃饭地点是我们市最高级的饭店。入座之后，张总笑着对王总说："能请到您真是我们公司的荣幸啊。"

王总谦虚地说："老兄，你说这话就见外了，我们不分彼此，要是时间充裕我会多来打扰的。"

他们两个相互寒暄了一阵后，晚宴就马上开始了。

其间，倒酒的服务员不小心把酒洒到了他们身上。

服务员还没来得及道歉，张总就生气地说："你是新来的吧，毛手毛脚的，真不知道你们酒店怎么培训的。"

服务员紧张地一直道歉，张总不依不饶地继续说："赶紧把你们经理叫来，否则这事没完。"

面对这种情况，王总说："没什么要紧的，不过是沾了一点儿酒，她也不是故意的，我看还是算了吧。"

张总仍然生气地对服务员说："看在王总的面子上，马上给我出去，换个懂服务的人来。"

这名服务员出去后，张总还巴拉巴拉地说个没完，说对这种人就要狠一点，让她们知道厉害，保证下次再也不敢了。

王总说："其实真没什么的，不过是一件小事，再说对方也不是故意的，我们就没必要为这事情生气了。"

后来，王总告诉我，这顿饭他吃得索然无味，因为他从来没有想到张总是这样的人。

我也想不明白，同样是看起来很成功的两个人，为什么差距会这么大？

02

后来，通过了解才知道张总的一些故事。

这几年借着国家的政策，他的钱包鼓起来的速度很快，但是素养却没有同步跟上，个人精神层次偏低，对人和事也非常挑剔。

而王总和他不一样，个人综合素质很高，待人待事非常谦卑，遇到事情能站在对方的角度上考虑，精神层次极高，内心充满善良。

一个人层次的高低并不是用金钱来衡量的，而是自身的一种修养。换句话说，层次高的人不一定有钱，有钱的人不一定层次高。

一直以来我们都有一个误区，总是喜欢用金钱来衡量一个人的价值，似乎只要有钱就属于高层次，这是极其错误的。因为相比较精神层次，物质层次根本没那么重要。

一个高层次的人和自己的善良是成正比的，遇到事情，他们会传递自己的善心。这些并不是他们刻意去做的，而是内心最基本的选择。

莎士比亚说：**"善良的心，就是黄金。"**

哈佛大学一项研究表明：**一个人的精神层次越高，心理越是健康，内心也越善良，不会因为别人的看法而轻易改变自己的本性。在对人上，他们微笑、喜悦的表情会越多，他们的人生也会活得更快乐。**

当一个人能包容生活的所有不愉快，能专注于自身的责任而不是利益时，那么他就站在了精神的最高处。

03

在电视剧中，我们经常会看到这样一些场景：

有些人穿着名贵的衣服，带着很粗的大金链子在公共场合耀武扬威，只要对方的做法让他们稍微不满意，便会骂骂咧咧。这种人虽然有钱，但是层次极低，更不会和善良有半点儿关系。

一个内心善良的人，其精神层次一定会很高。他们会为社会贡献自己微薄的力量，传递自己的善心。

2015 年，国家一级演员王宽入选“感动中国十大人物”。他为了养活收养的 6 名孤儿，多年坚持茶楼卖唱，历尽千辛万苦，把他们培养成才，这才是真正的大善。

央视给他的颁奖词是：

重返舞台，放不下人间悲欢，再当爷娘，学的是前代圣贤。为救孤你古稀高龄去卖唱，为救孤你含辛茹苦十六年。十六年，哪一年不是三百六十天。台上，你苍凉开腔；台下，你给人间作了榜样。

面对记者的采访，这位老艺术家平静地说：“我做的这事儿真没啥可说的，人都有善良之心，看着这些可怜的孩子，我不帮他们，总觉得心里不安。”

虽然王宽的生活是清贫的，但他是一个精神层次极高的人。就凭着这份骨子里的善良，他成为感动中国的榜样。

04

善良是一种本性，但更是一种选择。

越是精神层次高的人，他们的综合素质也更高，也更加善良。因为他们明白，上天让善人成为善人，就是对善人的最高奖赏。

精神层次越高的人，格局也越大。遇到事情，他们首先想到的是自己的责任而不是利益，这是他们内心最基本的想法。

亚当·斯密说：“以遵从自己的心做利他的行，是对社会发展最有利的思想和行为的结合，也是最大的善良。”

精神层次高的人，做事没有那么多的欲望和功利，而是遵从自己的内心，传递自己的善意。

而精神层次低的人，只会从自己的利益出发，他们做事情大都是不害怕损人利己的，内心更不会充满善良。

当我们遇到一个愿意无偿传递自己善良的人，那么一定要珍惜。因为这是一个精神层次极高的人，能与他做朋友，是我们的幸运。

米列说：“越是善良的人，越觉察不出别人的居心不良。”

越是精神层次高的人，越善良，他们整个人的精神面貌也非常优秀，他们的善良也终将会得到别人的敬仰。

你的善良里藏着你的贵人

文 / 若愚

01

米列曾说：越是善良的人，越觉察不出别人的居心不良。

善良不是一种学问，而是一种行为。

一个心地善良的人，他的整个精神面貌都散发着温和的柔光。相由心生并不是没有道理，而你的善良终将得到最温暖的回报。

泰国有一则公益广告：

一条小街道上，一个小男孩被一位妇女大声地指责：“你偷了些什么，你偷这些干什么？说！”

这位妇女还用力地拍他的头，小男孩特别害怕，一直低着头。

他回答：“给我妈……”

这时，一位卖早点的大叔走过来询问：“你母亲生病了？”

然后付完小男孩偷拿药的钱并且让他的女儿拿包菜汤来，小男孩拿着这些就急忙跑了。

30 年后，这位大叔和他的女儿还在经营着卖早点的小店。

一位乞丐走过来，双手握成拳对着大叔要一点儿食物。

大叔把食物装好说：“拿去吧。”回头对女儿说：“下一单。”然而这时，他却突然倒下了，被女儿送到医院。

大叔的女儿收到医药费账单：792000泰铢。她一个人坐在家里环顾四周，一贫如洗。她对着账单哭泣流泪，难过且无奈。

她来到主治医生办公室了解父亲的情况，这位医生问了她问题，她沉默着点头。医生盯着账单和大叔女儿良久，陷入深思。

大叔的女儿因为没有钱去支付高昂的医药费，她把自己住了几十年的房子贴出急售。

第二天，她在父亲病床前醒来，抬头却惊讶地发现父亲的医药费账单金额变成了“0”。

后面写着：“30年前费用已付，3包止痛药，1包菜汤。此致！签名：Prajak Arunthong医生。”

爱出者爱返，福往者福还，善良终会回到你身边。而你的善良里一定藏着你的“贵人”，当你陷入困境时，也总会有人善良地对待你，让你度过“险境”。

02

地球是圆的，你做过的所有善事，终有一天会回报到你的身上。

真正的善良并不单是一种形式，更多是一种内在，是在生活的细微之处显示出对他人的尊重与关怀。

善良使人美丽，美好的品行能帮你塑造美好的形象。

珊珊暑假曾去一家培训学校面试兼职英语老师，当时那边的学校刚好缺一个高二的英语老师，实习期七天。

她被带到那个班上，大部分学生都比她高，因此这一周的实习期，她过得并不顺心。

这位21岁的姑娘，只比她的学生们大五六岁，性子温柔且善良。她把班上20个学生都当成弟弟妹妹看待，作为老师尽职尽责。

但是，这些学生们处处刁难她、捉弄她。她出去一下，她的U盘就没了；上课的时候，下面一片混乱，有拿着镜子化妆的，有拿出手机自拍的，有玩手机游戏的，有明目张胆说话的，纪律差到就像菜市场一样。

她回到办公室就被训，说年纪太轻不会管理班级。

珊珊对待这些学生依然很好，努力地把课上得有趣。

七天的实习期到了，当校长不想再录用珊珊的时候，全班20个学生都过来请求让校长留下她。

他们说："从没遇见哪个老师会像薛老师这样善良温柔。女生生理期，她会带红糖到宿舍；看见我们谈恋爱，不会像其他老师一样大声斥责，会很温柔地和我们讲'度'；晚上还会在自习室陪没做完作业的同学。虽然短短一周的相处，但我们很喜欢她，请校长留下薛老师吧。"

一个善良的人，能真正地换位思考，理解并体谅他人的感受。

而你的善良里藏着你的"贵人"，这20个学生便是珊珊的贵人。最后，她留下来了，并且现在是那边的全职老师，薪资不低。

03

古人说，"人之初，性本善"。

保持善良是一种选择，更是一种品德。

而你的善良，终究会给你意想不到的丰厚回报。

记得看到两个这样的故事：

一是西晋末期，名士顾荣还在洛阳时，应别人的邀请去赴宴。（在宴席上）他发觉端送烤肉的下人脸上显露出对烤肉渴求的神色，很想吃几块。

于是，他拿起自己的那份烤肉，让下人吃。

同席的人都耻笑他有失身份。顾荣说：“一个人每天都烤肉，怎么能让他连烤肉的滋味都尝不到呢？”

后来战乱四起，晋朝大批人渡长江南流，每当（顾荣）遇到危难，经常有一个人在顾荣左右保护他。于是，顾荣感激地问他原因，才知道他就是当年端送烤肉的仆人。

另一个是东汉时期，一个叫荀巨伯的人，有一次千里迢迢去探望一位生病的朋友，刚好碰上外族敌寇攻打那座郡城，朋友就劝巨伯离开，说：“我马上就要死了，您还是离开这儿吧。”

巨伯说：“我远道而来看望您，您却要我离开，败坏道义来换得生存，这难道是我荀巨伯做得出来的事情吗？”

最终没有离开。

郡城陷落后，敌寇进了城，很奇怪荀巨伯还待在这里，就问他：“我们大军一进城，整个郡城的人都跑光了，你是什么人，竟然还敢一个人留下来？”

巨伯回答道：“我的朋友生了病，我不忍心丢下他一个人，如果你们非要杀他，我愿意用我的命来抵换。”

敌寇听后内心大受震动，相互议论说：“我们这些不讲道义的人，却侵入这个有道义的地方。”于是就撤军而回了，整个郡城也因此得以保全。

这两个故事说的都是保持善良有多重要。一个人的善良，不仅有一天会帮到自己，甚至能不战而屈人之兵。

善良是人性中蕴藏着的一种最柔软，但同时又是最有力量的情愫。

善良，它是做人的基本概念。真正的善良是内心里、骨子里的一种坚持：正直、包容、坦诚待人。

04

1814年的一天夜晚，一个酷爱音乐的年轻人走过维也纳街头。

因为家境贫穷，买不起钢琴，他只好每天到一所小学去练钢琴。他喜欢作曲，可是有时拮据得连作曲的纸都没钱买。

此刻，他正在回家的路上为生计犯愁，忽然看见一家旧货店旁站着一个衣衫褴褛的小孩，手中拿着一本书和一件旧衣在叫卖。

年轻人认出这个小孩曾在他教学的唱诗班当过歌童，他顿时鼻子发酸，巨大的同情心驱使他不由自主地在单薄的衣衫里摸出了仅有的一点儿钱，买下了那本旧书。

年轻人边走边看那本书，竟发现其中有大诗人歌德的诗作《野玫瑰》。

他一遍又一遍地朗诵，整个身心都被诗的意境融化了，一段清新而亲切的旋律从灵魂深处飘了出来。

这个年轻人就是被人称为“歌曲之王”的舒伯特，他写的这首《野玫瑰》名曲后来成为世界音乐宝库中的瑰宝，其手稿价值连城。

而这首名曲的诞生，正是源自他的一颗善良之心。

在一切道德品质中，善良的本性是最基本的。

从小，外婆就经常和我说：一定要做个好女孩，知世故而不世故，要保持善良，好人会有好报的。无论遇到什么经历什么，都要一直善良下去，这样才会离幸福越来越近。

我特别欣赏那些经历磨难坎坷、见证世态炎凉，却依然乐观善良、对生活充满热忱的人。

他们始终坚持并守护着内心深处的良善和初心。

真正善良的人，不是不懂得世间的险恶，只是内心仍然充满善意和慈悲。

看过世间的凉薄和冷漠，仍然温暖地过生活。即使在荆棘中穿行，亦不改良善的初衷。

你的善良里藏着你的“贵人”和运气。善良是容人之行，助人之道，更是爱人之德。

曾子也曾说：人而好善，福虽未至，祸其远矣。

世上所有的惊喜和好运，都是你积累的人品和善良

文 / 林子树

网上看到一句话，深以为然：如果能使一颗心免于哀伤，我就不虚此生；如果能解除一个生命的痛苦、平息一种酸辛，帮助一只昏厥的鸟儿重新回到巢中，我就不虚此生。

人活在世上，最重要的就是人品和善良。一个有优良品质的人，他的身边自然会有一群支持者；一个善良的人，他一定是别人世界里的一盏明灯。

一、人品好的人运气不会太差

在单位的竞聘会上，同事大个子李升职了。说实话，他这次升职完全在我们预料之中。

大个子李个头比较高，因为为人率真热情，大家就给他起了这个名字。

他的能力并不是最强的，但人品可以说是整个单位最棒的。

去年，我曾经和他一起去谈过一场大业务。由于甲方很忙，我们等了很久，见面后甲方丝毫没有歉意，仿佛我们就应该等他们似的。

刚坐下，甲方趾高气扬地说：“实话告诉你们，这个项目有好

多公司想做，你们能得到这个机会真是赚大了。”

大个子李笑着说：“还得感谢王总给我们这个机会。”

那场合作谈得并不愉快，双方约定第二天再谈。回到酒店后，我说：“真没见过这么牛的，这样的人应该不会有人和他合作。”

大个子李并没有说话，而是在认真看合同。过了一会儿，他说：“这合同有一处错误，如果按照这个条款的话，对方要多给我们十几万。”

我一看，窃喜道：“真是太好了，让他们这么趾高气扬，这下活该倒霉。”

大个子李并没有说话，而是一直在沉思。

第二天，我们双方刚见面，大个子李就说：“王总，这合同有一处错误，如果按照这个条款，你们会有损失的。”

他说完后，我白了他一眼，真没见过这样的大傻帽。王总又看了下合同，笑着说：“谢谢你，小李，就凭你的人品，我很乐意和你们合作。”

后来我知道，刚开始，王总并没有把我们考虑为主要合作方，但因为大个子李的良善，打消了他所有的顾虑。

不仅如此，后来，王总还经常给大个子李介绍业务。因为人品好，很多公司都愿意与他合作。时间久了，他的业绩越来越好，深得老总器重。

人品好的人，他们的业务会越来越多，门路会越来越广，运气也会越来越好。

有句话说得好，人生到最后，其实拼的都是人品。

一个人不管多聪明、多能干、背景条件有多好，如果不懂得做人，人品很差，那么，他的事业必将大受影响。

二、你的善良里藏着你的运气

我曾写过一篇《你的善良里藏着自己的运气》的文章，文中举了陈奕帆的例子。

河南新密一名叫陈奕帆的学生骑电动车不慎撞上了停在路边的一辆宝马车，由于车主不在现场，他便写了一封道歉信，然后用信封包着寒假打工赚来的 311 元钱卡在宝马车门把手里。

得知他品学兼优时，宝马车主萌生了拿出一万元资助他的想法，但被陈奕帆拒绝了。他说：“明明是我自己的错，人家不要求赔偿，我已经感到很内疚了，怎么好意思再要这钱呢？”

后来，在宝马车主二女儿的劝说下，他才收下了这饱含情意的“助学金”。

如果陈奕帆没有一颗善良的心，那么后面也不会有这么温情的故事。

遇到事情，善良的人往往会遵从自己的内心，做出让人感到温暖的选择。相比暂时获得一定的好处，他们更愿意选择一辈子的良心安宁。

善良不仅表现出一个人的本性，更表现出一个人的处事方式。越是善良的人，他们计较的东西越少，敢于承担的责任越多。

时间久了，他们的人缘也会更好，生活自然也会变得更美好。

三、人品和善良，是一个人最宝贵的品质

萧伯纳说过：善良与品德兼备，犹如宝石之于金属，两者互为衬托，益增光彩。

一个人品好又善良的人，人生之路一定会越走越顺畅。

那些善良的人从来不会想自己会吃多大的亏，他们只是遵从自己的内心去做，这种人的格局非常大，他们懂得取舍。

相反，那些只知道赚小便宜、从来不考虑别人的人，纵使刚开始有一些小成就，但往往无法坚持到最后，因为再也没有人愿意与之合作。

得道者多助，失道者寡助。到最后，只剩一人孤军奋战，路越走越窄。

决定人生上限的，不是能力，而是一个人的品质。

人的才华和能力固然重要，但如果没有一颗善良的心和良好的人品，那么一辈子注定不会有大作为，身边也不会有交心的好朋友，更不会得到上苍的垂青。

李嘉诚说过：这世界上每一个人都精明，要让别人对你信服并喜欢和你交往，你的人品非常重要。

能力可以帮助你走得快，但人品才能帮助你走得远。人品的好坏，直接决定了你人生的最终高度。

这世界，人跟人之间是互相连接的。好的人品，会积攒好的口碑，让路越走越顺；坏的人品，也会积攒坏的口碑，让路越走越窄。

如果你能在人生中积累好的人品，坚持做一个善良的人，那么自然会有最好的运气和最大的惊喜。

你发的红包里，藏着你的修养

文 / 言一言

01

最近在一个新媒体群里听课。

群里有位特邀老师，刷新了我的一个认知。

一天，听完课后，照例所有师生在交流群开始畅所欲言。

大多都是向老师请教问题的，这位老师对每一位同学的问题都艾特出来一对一进行解答。

大家不约而同赞叹这课没白缴费，这老师真负责。

交流了一阵，群里突然跳出了这位老师发的红包界面。

很多人不禁纳闷了："老师给我们解答问题，怎么还发红包啊？是啊，该是咱们给老师发红包表示感谢啊？"

甚至有人疑惑地问："老师你是不是发错群了？"

没想到接下来跳出了这样的几行文字：

没有发错群，我就是发给你们的。

一是感谢你们对我的信任，允许我做你们的老师，尽管咱们来自天南海北，从未谋面。

二是感谢你们抽出时间，专门听我讲课，尽管有些地方我讲得还不尽如人意，你们还这样包容我，谢谢你们的支持和抬爱。

群里顿时安静极了。

隔着手机屏幕，我们仿佛看见了手机另一端一位谦卑诚挚，也许比我们大，也许还没有我们大的真正的老师。

是的，在这一刻，不管她年龄大小、阅历多少，她就是我们群里所有人的老师。她当之无愧。

那枚小小的红包，像跳动的火苗，里面包着她谦逊平和的做人态度，包着她知恩感恩的儒雅修身。

古人云，“修身，齐家，治国，平天下”。修身之所以被列为首项，是因为它是一个人一切行为的基础。

修身后，修养自然不会差。

这位老师的红包，让我们看到了另一种修养：

一块土地向一棵小草致谢，一阵风向一片树叶致谢，一位老师向一群学生致谢。

02

朋友最近来我在的城市出差。

公事办完后，我们约着一起吃个便饭。

席间，朋友接了个电话，我在一旁大抵听到的是朋友的车在小区停着，好像挡住了另一位车主的出行。

朋友一再致歉：“不好意思，我这会儿在外地出差，家里也没其他人，实在移不了车。你看能不能找管理员让其他车移动下，实在抱歉。”

电话完后，我们继续吃饭聊天。

几年不见，朋友已从大学时青春阳光的男孩变成了眼前成熟稳重的事业男。

饭后，我去埋单回到座位时，又听到朋友在讲电话：“麻烦你接收下红包。实在抱歉，给你带来了麻烦。”

落座后，我也稍感不安，问朋友，那车现在还没开出去？

朋友轻轻叹了口气说，已经开出去了，找的别的车移动的，但心里实在过意不去。尽管停车时我已预留了其他车的出行，没想到还是疏忽了一点，所以发个红包聊表歉意，对方一直不接收，我就打个电话。

听完朋友陈述，我心中瞬间升起一种敬佩，他让我想起了一句话：“谦谦君子，卑以自牧。”

发红包表示谢意，像是我们约定俗成的。别人为你做了事，或者给你帮了忙，你口头表达谢意，好像在如今的社会总有点不足诚意。于是发个红包，包点真金白银，让我们的谢意延伸出更多使用价值。于人于己，都是件愉悦身心的美事。

而因为自己给对方带来了麻烦、带去了不便，所以发个红包向对方表达自己的诚挚歉意，这样的红包我还是第一次见。

俗话说：“以谅己之心谅人，以察人之心察己。”

一个愿意站在对方角度想问题、肯为对方着想的人，他的修养自是“桃李不言，下自成蹊”的。

03

公司内勤陈哥，早些年刚从部队退伍时，在广州一个小区做保安。

当时的工作清闲、单调，就是有车进出小区时，陈哥负责给来往车辆发牌登记。陈哥说，一年到头，他最喜欢过年。

倒不是因为过年可以放假回老家，而是喜欢过年时他坚守在岗位，小区里来往车主对他照顾和善待的感觉。

几乎每一辆开出小区的车，在陈哥做好登记牌发给车主后，都会从车窗内递出一个大红包，映着车主温暖的笑容："谢谢你，新年快乐！"

陈哥说，有的车主甚至都不太面熟，但他们几乎没有人会因为与一个保安的身份悬殊，而忽略发红包。

其中有一位服装加工厂的老板，最令陈哥感动。他不像有的人那样由司机递出红包，他会摁下车窗，双手亲自递给陈哥，并说道："辛苦了，新年快乐！"

他的动作完全没有自上而下的施舍感，反而带给人如沐春风的谦卑与尊重，让你感觉这就像两个哥们之间互递香烟一样自然。

柏拉图曾说过："衡量一个人有无修养的关键之处，就是要看他在众人之上时的所作所为。"

今年年初，李冰冰以"开工发红包"的随意姿态轻松占据了娱乐版头条。

原来是她在微博上晒图配文，并艾特工作室的小伙伴出来领开工红包。

网友们纷纷留言表示羡慕，有的甚至毛遂自荐："冰冰姐，招拎包的不？"一下子将李冰冰推上了好老板、爱员工的宝座。

一花一世界，一叶一菩提，一红包一修为。

在如今的社会里，红包的象征意义早已超出实际意义，它就像我们人际沟通的一个有效工具，更是反映我们情商的一个重要指标。

一枚小小红包，能包慈良清直，能包天地柔情，更能包人世修养。

为什么离职最能暴露一个人的格局

文 / 然雪婵

01

上周六在家休息，突然看到公司员工微信群里爆出好几条消息，点进去一看，是技术总监发出的今年各月各员工的工资明细截图。

这个截图上，上至领导高层，下至基层员工，他们的工资、社保等数据无一例外地详细裸露在工资表里。这下，工资成了全公司一个公开的秘密。

当下异常奇怪，原则上，所有人的工资都是禁止公开的，每个人都只能知道自己的工资，甚至有些公司还将“互相打听对方工资”这种做法作为开除的理由。

周一去上班才了解到，前段时间，这个技术总监在自己精心准备的项目提案被管理层否决之后心中愤懑，觉得自己才华不受赏识，遂已提交辞职申请，并且离职手续也办理完毕。

而在办理工作交接时，他三缄其口，对于接替他的同事，能糊弄则糊弄。不仅如此，他还带走了之前他负责的一个还未完成项目的进度资料，一度让该项目受阻停滞。

公司已经撤销了他的指纹和密码，他已经不能自由进出公司。

而监控录像显示，周六时，他拿工具强行撬开了公司的大门，进入技术部，拿U盘拷走了一系列资料后，又破解了人力资源总监的电脑密码，将工资、奖金等数据转发到公司微信群里（这一举动或有发泄心中愤懑之嫌）。

他用这种方式，耗尽了与公司最后的一丝情义。鉴于此事的恶劣影响，公司无奈之下，只得报警对他施以警告。

事后，公司召开员工大会，CEO说："这个人的能力是很不错，但性格过于偏激，气度和格局都太小。若他长此以往对待工作，日后不会有什么大作为。"

原则上，**如何开始与如何结束，是任何职业关系中都很重要的部分。**

但问题是，人们总会花很多时间准备与策划如何给别人留下深刻的第一印象，却很少考虑到"最后印象"。

而离职就是这个"最后印象"。

离职，意味着不再受公司规章制度的约束，日后一般不会再和原公司有交集，不再与原同事有人情和利益往来。

而这个时候，如何做事，如何处理与上司同事的关系，是拍拍屁股潇洒走人，还是坚守原则敬业到底，最能体现一个人的格局。

格局大的人，放眼长远，坚守原则，出于自身的责任感和道德心会将工作做好详细交接，不给其他人添麻烦；

而格局小的人，只顾眼前，睚眦必报，给别人留下一堆烂摊子。

02

最近听同事倩倩说起几年前她的公司同事恶意辞职，让她遭受池鱼之灾的经历。

倩倩是公司出纳，负责报销和档案管理。

恰逢她公司采购部经理因为想自己创业所以提出离职。

那个经理已经在公司干了 5 年。公司见他经验丰富，于是想挽留他，也承诺给他升职加薪，但他铁了心要走。

在最后几天做工作交接时，他明显很不上心，提交的数据屡屡出错，对交接的同事也很不耐烦。

他前几年因为个人原因陆续向公司借款共计 5 万余元，于是人事让他还清借款再办离职手续。

而他在被告知的第二天便来到财务部，提出要看看自己当时的借款申请。

于是负责这一块的倩倩找出相关的申请和单据给他，由于当时手头在忙一个要紧的事，也因为跟这个经理有过不少交集相对熟识，所以并没有留意他。

而等到她忙完之后再寻这个经理，这人却早已不知所踪，所有与借款相关的资料均已被他带走。

倩倩当即打他电话，关机状态；微信和 QQ 也已经被拉黑。

等到再次打他电话，号码已经被注销，语音提示已是空号，他就像人间蒸发了一般。

公司没有了与这个经理的借款证明，已无力再索要还款，于是问责制下，倩倩无辜受累，只得引咎辞职。

为了躲避几万块的借款，不惜自毁人品自损道德，还将其他同事拉下水，这样格局的人，必定走不远。

后来她辗转从前公司的同事那里得知，这个经理与自己的发小合资注册了一家公司，因他肯努力，也有经验，起初业绩还不错。

但在利益面前，他贪婪的本性暴露出来，利润分配不均导致其与合伙人一拍两散；也因诚信问题与好几家客户、银行的合作终止，公司的资金流陷入危机，负债累累，难以为继。

有人说，能力决定了一个人能否成功。

但其实，能力只决定了你能做什么，也能给予你与他人竞争的优势，而格局，却能直接决定你最终的结局。而这一切，都在你离职时展露无余。

格局越大的人，越不会像这个经理一样计较眼前的蝇头小利，他们更懂得舍小利获大利，懂得欲要利己，必先利人。

03

一场离职会暴露你的人品和本性，暴露你做事的态度和胸襟气度，也会暴露你的职业道德素养，而这些都是一个人格局的重要组成部分。

格局大的人往往会出于道德感和责任心，做好每一次交接，不会只站在自己的立场为自己打算，还会顾及上司和同事，这无疑会为自己赢得更多好感和人脉，让自己能走得更远。

薛总是我在会计师事务所任职时的上司，他是所里最年轻的项目经理，只长我们几岁。

和其他项目经理不同，下面的人提交的审计底稿和报告他都会一一过目，并做好标注提醒修改。

如遇到同事不懂的地方，他会不厌其烦地解释，因此他虽严厉，但确实是帮助下属成长最大的上司。

因业务能力和专业能力日趋成熟，他萌生了自己组团接项目单干的想法，遂与合伙人提出离职。

合伙人自然是不想放过如此优秀的项目经理，于是不断提出丰厚诱人的待遇条件挽留他。

但他还是婉拒了。用他的话来说，他心中一直有一团火焰，不去尝试，这火焰便会越燃越旺，挠心挠肺让他夜不安寝。

他离职前，将所有的项目底稿和报告重新复核了一遍，并将复核意见、项目进度和未尽事项详细列了备忘录以提醒下属。为避免遗漏，还专门召开了项目小组会议，一一确认了每个项目组成员是否明确。

在会议上，他不仅总结了我们每个人的表现，还感谢我们每一个人为项目团队的辛苦付出，鼓励我们务实工作，屡创佳绩。

虽然我们每一个人都多多少少挨了他不少骂，但此刻是真心庆幸有这样一个领导。

他是将所有的事项都确认和交代清楚并和合伙人确认之后，才办离职手续的。

他的项目团队起初只有三个人，后来所里的两个同事还想跟着他学习，遂辞职加入了他的团队。

不到一年的时间，他凭借自己出色的专业能力和积累的人脉，迅速将团队扩大到几十人，承接的项目达上百个，办公地点也搬进了高档的写字楼。

就连所里的合伙人也将利润不达标的中小型项目介绍给他，这以后，他的事业更加做得风生水起。

我想，成就他的并不全是他的专业能力，更多的是他对于职业的高度责任感、对于身边人的尊重和对于自己一生的定位。

而这种格局在离职时最能体现出来。

毕竟在职时，是在其位谋其政，拿了钱干该干的活；而等到离职时，仍能坚守职业操守，一丝不苟地对待工作，将工作经验和总结事无巨细地交代给交接人，给予上司同事足够多的尊重，则更能体现一个人的使命感和道德心。

这样的人，往往才能走得更远。

04

职业生涯中，你可能会有很多次离职的经历。

美国劳工统计局最新数据显示，如今人们平均一份工作只做 4 到 6 年，或者更短。

有些时候，离职对我们来说就是个再正常不过的小事，我们也会很容易松懈下来："反正都要走了，没什么好顾虑的，我没有义务再对公司和同事负责了。"

但恰好是这个时刻，最能暴露一个人的格局和人品。

优雅而体面地离开，不仅是为这一阶段职业的终结画上圆满的句号，同时也是自我内心的重新梳理和总结，让自己能以更好的姿态重新出发。

正如革命家萧楚女说的："人生应该如蜡烛一样，从顶燃到底，一直都是光明的。"

这句话放在职场上也同样适用：**真正的才华，不仅是让自己这一阶段的职业有个漂亮的开始，也能让自己整装落幕，善始善终，坦荡磊落，这就是一个人的格局。**

发红包表达情意，抢红包检验人品

文 / 沈善书

微信聊天中，红包不仅能检验人品，还能看出情商高低。

几天前，在大学校友群里看见有人发红包，抢到了红包的同学都乐呵呵地说谢谢，一向沉默的群又热闹了。

这时，只有一个人冷不丁地说：一元钱还包十个红包，我还给你。

于是，这个人真的把自己抢到的几分钱红包退了回去，附加一个微笑表情。

凭什么别人一元钱不能发十个红包?

发红包的同学大概觉得尴尬，又补发了一个红包。这时候，这个嫌弃只抢到几分钱红包的人又抢了红包，但这回没再说什么了，因为发红包的同学十二元钱包了六个红包。

红包代表着一个人的心意，与金额无关。

别人发红包为了活跃气氛，抢红包也就是图个乐子，如果非得要求发红包的人包几十元上百元，那就走到了“小孩子才图乐趣，成年人只看金额”的悲哀地步，也就失去了活跃气氛、拉近朋友关系的意义。

生活中，那些嫌弃别人一元钱包十个红包的人，好比别人去你家做客，买了水果和牛奶，你还嫌弃水果不是你爱吃的口味，牛奶不是响当当的大品牌。

1. 发红包可以活跃气氛

生活节奏越来越快，忙碌一天后，如果有人在群里发了红包，你肯定会不自觉地说一声“哎哟，抢红包咯”，然后兴高采烈地抢起来。大家因为抢红包打开了话匣子，原本不爱聊天的人都出来聊天了。

我有好几个与写作相关的群，有时候别人发了新文章后也会发个红包活跃气氛，红包金额虽小，但是能够吸引别人的关注，让别人都来浏览自己的文章，相互学习讨教，以文会友。

正所谓“礼轻情意重”，别人发的虽然是红包，但表达的却是浓浓情意。不要嫌弃抢到的红包金额小，那些几分或几毛钱储存的不是冷冰冰的数字，而是有人情味的记忆和别人美好的祝福。

2. 发红包有利于投石问路

由于聊天方式的变化，每个人应该都加了很多群，如果你有事需要帮助，在群里咨询前，发个红包比没发红包更能解决问题。

我在一个理财群里观察发现，有一个理财小白，她每次遇见不懂的问题请教大神时，都会在问题末尾加上（马上红包）四个字。有时候还没等到红包发出，就有人立马举手愿意帮忙。待到红包发出，抢了红包的小伙伴都热心解答问题。

这些抢了红包并且乐于助人的朋友，他们并不会计较别人发的红包小。

需要麻烦别人或者咨询问题前，可以给对方发个红包投石问路，就好比去别人家做客，买一点儿水果总比空手上门好得多。

人情不在大小，心意到就好，发红包与抢红包亦是如此。别人发多少红包，或者你抢到多少红包，都不要去抱怨“怎么那么少”，更不要因为抢得少就还给对方。

如果你因为红包抢得少而还给对方，在别人眼中，或许你就是势利小人。

3. 抢红包的意义是趣味

如果某天夜晚你正在加班，或者百无聊赖地看着一部电视剧，突然手机响起：有人发红包。

于是，你立马元气满满、十万火急地去抢。抢完红包的那一刻，你所有的疲惫与无聊一下子全都烟消云散，赶紧发表情包“谢谢老板”，精气神都来了，说不定还会拿着手机乐呵呵地与群里的朋友一起聊天。

这时候，又有人发了一个红包，你打开看，怎么就我手气最差，抢到几分钱，你不开心，联合几个手气差的朋友撒娇卖萌一起“抗议”，要求再发红包。其他朋友也在旁边“推波助澜”，目的是为了抢红包，而不是与红包金额较真。

大家就这样你一言我一语地闹腾着，让平时在工作中疏远的距离，又有了温度与人情味。

其实，发红包就一个目的：趣味。

它能让群里的朋友彼此之间多些沟通交流，不要像冷漠的商住楼小区，大家虽然都在一个群里面，彼此却不认识也没有交流。

4. 红包检验情商

有些人善于利用红包打造自己的人脉资源，为别人锦上添花。

我之前在媒体工作时，一个同事教会我一个职场道理：与其在逢年过节时才想到给朋友发祝福，不如利用群里发红包的方式，在别人心里增加曝光机会，方便以后有需要时合作。

由于我们接触的都是文艺圈朋友，只要他们在群里发了新作品，我的这个同事都会发一个红包表示祝贺与赞美，让其他朋友抢红包跟着乐一乐。

同事告诉我，他发的红包金额虽少，但这既能让当事人心里舒服开心，想着自己在你的心中有地位，也为自己在群里增加了露脸机会。

只不过，也有些人会认为发红包天经地义，不给我发红包我就和你撕破脸，如果红包金额小了还会埋怨你小气。

其实，就算给你大红包，你不懂得维护关系，亦是徒劳。

Part 7

第七章

请活出热爱生活的脸

美好的生活需要自己去填满，除了一直追求的光滑皮肤，也该有充沛的精力和强大到坚不可摧的内心，做真实而体面的自己。

你的容貌里藏着你的性情

文 / 清悠

01

生活中，总会有这样的现象：

一个第一眼看上去无比美艳的姑娘，看久了却觉得一般；一个第一眼看上去一般的女子，后来却越看越顺眼，越看越有味道。

之所以会有这样的看法，多半是因为这张脸上渗透出了个人的性情，是她的性情影响着她的容貌。

性情对容貌的影响，恰如健身对身材的影响，时间长了就体现出来了。

你持之以恒地健身，而他肆无忌惮地暴饮暴食，日子一久，你们便会呈现不一样的身材、不一样的精气神。

同样，两个容貌相当的人，一个积极乐观、心地善良、宽容大度，而另外一个消极颓废、尖酸刻薄、虚为霸道，那么几年之后，他们的容貌自然也会有极大差距。

性情是一个人的情感、理智、意志的体现。

无论多么微小细小的事情，都会体现一个人的性情。这些性情都隐藏在你的习惯中，隐藏在了你的一举一动、一颦一笑中。

照镜子时，看看你微笑的样子，眼睛弯弯，嘴角上扬，纹路里全是无尽的舒展。再看看你生气的样子，神色凝重，声色俱厉，整张脸变得难看又扭曲。

这些习惯、表情都会决定你的脸部纹路走向，虽然这是瞬间的模样，不足以立刻改变容貌，可是一年以后、十年以后呢？

这两种情况下的脸庞能一样吗？

这些小习惯日积月累地塑造着你的性情，影响着你的心态，而最终也都会反馈到你的容貌上来。

因此，修改小习惯也就是修改意识与性情。

额头的痘痘在提醒你，你近期熬夜严重、着急上火、缺乏平静；

紧蹙的眉间在告诉你，你思想焦虑、开始忧愁了；

还有那无精打采的眼神在示意你，你又消极厌倦了。

因此，容貌不只在于天生，它还是我们每个瞬间的积累，它是性情的体现。

一个心灵年轻、性格乐观的八十岁老头丝毫不会给我们老态龙钟的窘态，反而每个毛孔、每条皱纹都洋溢着十足的活力与朝气。

所有的小毛病、小情绪、小习惯都消散在了日常的琐碎里，以至于我们熟视无睹，但它们却理所应当地成为我们自身的一部分，影响着我们的修养、处世、成长，它们正是由我们心底发出的，被我们忽视了的意识与性情。

都说字如其人，文品如人品。

我们可以从一个人的字看出他的品性，从一个人的文章看出他的品位，同样，我们也可以从一个人的容貌看出他的性情。

02

几年前，我在报社实习的时候认识了一位大姐。

她是至今为止我遇到的女人中最有气质的一位。

她四十岁上下、短发、衣着朴素，但是浑身都散发出优雅迷人的书香气息。

尤其是温暖、柔和的笑容足以让一切锦绣华服黯然失色，这使我在暗暗欣赏的同时，自惭形秽。

我猜想，她一定有一个十分爱她的丈夫，有一个美满的家庭。

可是熟悉了之后，听了她的描述，让我不得不对她再次起敬。

她离婚了。

那天，她从外地回家，看到自己老公和陌生女人纠缠在床上。

她沉默冷静，并没有大哭大闹，果断地离开了那个不负责任的男人，独自带着六岁的女儿开始了单身母亲的生活。

离婚后，她没有消沉颓废，反而更加积极勤快，待人一贯的亲切随和，给女儿树立了良好的榜样。

与此同时，书给了她最好的养分。她从书中学习感悟，吸收着可以揉进骨髓的精华，不断地给予自己力量。

她比以前更美了，这种美既蕴含了经历痛苦之后的平和与安静，又包含着对未来的自信和洒脱。

陈道明曾对江一燕说：韶光易逝，刹那芳华，皮相给你的充其量是数年的光鲜。但除此之外，你更需要的是在一生中都能源源不断给你带来优雅和安宁的力量。不少演员费尽周折地美化自己的样子，我却宁可你花更多时间来涵养你的才情。

这才是明智之举，你的容貌里藏着你的性情。

你的阅历、你的精神、你读过的书都会回馈到你的脸上，它们给你的脸上投入温和的光辉，给你的眼神增添坚定的色彩。

03

如果说读书能很大限度地提升个人容貌，那么它起码有一个基础，这个基础就是教养。

有教养的人，即使没有深厚的文化积累，其容貌依然可以美丽动人。

两年前，在看乐嘉主持的《妈妈听我说》时，现场一位女士的表现令我至今难忘。

那位女士四十二三岁的样子，身着白色套装，优雅得体，容貌和善，气质出众。

只看外表，你或许会误认为她是个知识渊博的学者。

其实她不识字，是大山里走出来的孩子。

结婚二十多年来，一直没有得到公婆的理解与接受。

经历过无数的艰辛，但依旧没有被生活的艰难磨去淳朴善良的品性。

她说："婆婆可以对我不好，但我不能对婆婆不孝。"

节目后面，婆婆在屏幕上出现了，女士抑制不住地泪如雨下，双膝下跪，撕心裂肺地喊出了一句"妈"。

她二十几年所坚守的善良与孝顺终于感动了婆婆，也使现场的观众泪眼婆娑。

这一刻，她是最美的。

是善良的性情让她的容貌如此宽厚秀丽。

其实，你宽容，你的脸上便有了安然的美感；你虚伪，你的眼里便有了游离的窘态；你简单，你的脸上便会展现孩童般的微笑；你复杂，你的眉间也会不自觉地多几条深深的皱痕。

04

相反，当你不爱惜自己、自暴自弃时，生活给予你的又是另一番景象。

一位我曾经提起过的老师，老公事业有成，是一家私立医院的副院长，年轻有为、事业蒸蒸日上，还有一个聪明伶俐的女儿。

在外人看来，这真是一个美满和谐的家庭。

当初为了丈夫的事业，她放弃了自己的工作，心甘情愿地做起了全职太太。

但是，随着丈夫的事业成功，她产生了强烈的不安全感。

焦虑、疲惫、暴躁、敏感多疑占据了她的内心，她看不到自身的价值，把所有的希望都寄托在丈夫身上。可她越是这样，丈夫越是厌恶甚至嫌弃她。

在经过多次的吵架和斗争后，两人最终离婚了。

长期的敏感抑郁使得她的容貌看上去比同龄人老了十岁，可是谁能想到曾经的她是班里最漂亮的女生。

当你把生活的信念全部依附于外界而丢失自我时，糟糕的情绪会爬上你的脸庞，它以这种方式告诉你：**持久的美丽需要涵养性情，任何消极、悲观、恶劣的性情都足以摧毁这份美丽。**

05

容貌是可以改变的，而改变它的方式并非靠整容，只需要不断地反省你的错误，改善你的认知，完善你的性情。

一位同学上学时和现在的容貌相差巨大，而这其中的时间间隔不过三四年而已。

以前的他除去年轻之外，几乎找不出什么特别突出的特点，也没有什么精神气。脸上更多的是茫然的表情，给人的感觉非常不踏实。

那时的他没有多大的自信，时常无所事事。

而在后来的几年中，他慢慢找到了自己的方向并且努力奋斗，不断改正自己的缺陷，丰富认知，变得越来越精干。

现在的他，大度、宽厚，气场十足。

整个人的形象发生了巨大的改变，甚至精确到脸型的变化。

跟他接触过的人对他的评价都非常高，觉得他十分可靠。

在做销售的过程中，有许多客户告诉他，看到他的样子，便感到非常放心，愿意跟他打交道。

其实一个行为，只要成为了习惯，构成了个体的一部分，便会不可避免地影响个人的气质和精神面貌。

不严谨的习惯，起初只是一个偶然的行为，但是因为缺乏重视和修正的意识，随着该行为的不断累积，便形成了一种长久的习惯。

而当各种不良的习惯存在、交织时，这个人便难以有敏捷优良的意识，难以涵养优雅、细腻的性情。长此以往，也就难以拥有持久美好的面貌以及大气的格局。

我们大概会有这样的经验，许久未见的朋友再次见面时，模样已大不如从前；或者当年形象气质一般的朋友，再见面时已经神采奕奕。

当然这里面不乏岁月的磨炼，只是为什么有人能够经历岁月的沉淀慢慢透出光辉，有些人却找不到从前的影子。

我们习惯性地去问他们的经历，去了解事情的大概，甚至去做很多猜测。

只有一点我们是确定的，那就是：容貌变好的朋友，她一定有着达观的生活态度，保留着内心的本真，积极创造生活的美好，而这份美好也恰如其分地印刻在了她的容貌里。

因此，我们不妨厚一下脸皮，把自己当作一件艺术品，不断用严格精细的态度去揣摩、去雕刻、去认知、去完善自己。这个过程便是涵养性情的过程，也是美化容貌的过程。

一个人有没有修养，看脸就知道

文 / 碧海明月

01

朋友从外地来北京出差，只待了三日，忍不住批评北京人素质差。

朋友说：地铁上抢座的、路口闯红灯的、大街上骂人的、随地吐痰的、随手乱扔垃圾的，比比皆是。总之，素质有待提高。

我说："这不是北京特色，全国各地这样的现象不是都很普遍吗？"

朋友振振有词："可这里是首都呀，世界了解中国的窗口呀，不该成为全国的楷模吗？"

我不擅长辩论，只好乖乖闭嘴。实事求是地讲，北京上下班高峰期，抢座现象的确比较普遍。

有的人路程很远，全程站着非常累，自然希望占个座，并且坐着看书刷手机也方便。

上地铁时，大多数人都是自觉排队的，但是无法避免少数人站在队伍的侧面插队上车的现象，或是排在后面的人向前拥挤的现象。

这样，原本排在前面的人就不甘示弱，于是一起争先恐后地向里挤，受伤事件时有发生。

同事怀孕六个月时，因为乘坐地铁而出了事故。

当时同事挺着大肚子排在最前面，自认为没有人敢推搡孕妇。

没曾想，上车时后面一个男人为了抢座，用力推了她一下，导致她的头重重地撞到了车门上，顿时头昏目眩，摔倒在地上。

看到这种情况，大部分人都躲得远远的，怕惹祸上身。

幸好有两位好心的姑娘把她扶了起来，同时报了警。

同事摔倒前，看到了推她的那个男人的长相，于是向警察指认了罪魁祸首。

可是，那个男人拒不承认。

因为事故发生的那一刻，人流太大，阻挡了视线。所以，监控里找不到有力的证据，警方只好放那男人走了。

同事出现了头晕恶心的症状，于是被送进了医院。经检查，被诊断为脑震荡，幸好胎儿安然无恙。

事后，同事感慨说：

一个人有没有修养，看脸就知道。

推我的那个男人油头滑面、目光狠戾，一看就是蛮横霸道、爱耍无赖的人。

以后，遇到这种人尽量躲远点，免得遭殃。

一个人有没有修养真的通过看脸就能知道吗？

不得不承认，很多时候，真的能窥一斑而知全豹。

02

前同事，名叫小蝶。人长得漂亮，身材也很好，所以很讨客户喜欢。

在公司里，小蝶喜欢独来独往，很少与人交际。偶尔她和同事们凑在一起吃饭，话也特别少，并且总是目光闪烁游移，眼底时常会浮现出一丝凶光。

同事们都认为她性格冷淡怪癖，不容易相处，所以对她皆敬而远之。

有一段时间，公司里发生了一系列失窃事件。谁的包包放在办公室里，每到中午休息时，里面的钱就会不翼而飞。

有一个姑娘，一连三日被偷，心里气不过，于是报了警。

警方介入调查，抓出的作案人竟然是小蝶。

大家这才恍然大悟，怪不得她总是目光闪烁游移，原来心里住着一个小鬼。

小蝶被拘留了半个月后，就放了出来。她做的第一件事却是，跑回公司大闹，骂报案的那个姑娘不得好死。

偷窃还这么理直气壮，真是没谁了。

大家这才恍然大悟，怪不得她眼底常露凶光，原来她本性凶狠泼辣、刁蛮跋扈。

孟子说：观察一个人，没有比观察他的眼睛更好的了，眼睛不能掩饰一个人的丑恶。内心正直，眼睛就明亮；心术不正，眼睛就昏暗。

听人说话，观察他的眼睛，这人的善恶哪能隐藏得住。

一个人长得再漂亮，如果眼睛里透出的信息是邪恶，那么此人八成不是善良之辈。

所以，看脸识人时，眼睛是最重要的依据。

03

曾国藩，是晚清四大名臣之首，被世人奉为千古第一完人。

他颇有识人用人之明，曾提拔了左宗棠、李鸿章等名臣。

有一次，李鸿章带了三个人去拜见曾国藩，请曾国藩为他们分派职务。

不巧曾国藩散步去了，李鸿章示意那三个人在厅外等候。

曾国藩散步回来后，李鸿章禀明来意，请曾国藩接见那三个人。

曾国藩说：不必了。面向厅门，站在左边的那位是个忠厚人，可派他做后勤供应一类的工作；中间那位是个阳奉阴违的人，不值得信任，只宜分派一些无足轻重的工作；右边那位是个将才，可委以重任。

李鸿章很惊奇，问："还没任用他们，大人您是如何看出来的呢？"

曾国藩说：刚才散步回来，在厅外见到了那三个人。走过他们身边时，左边那个态度温顺，目光低垂，小心翼翼，可见是老实谨慎之人，因此适合做后勤供应一类的工作；中间那位，表面上恭恭敬敬，可等我走过之后，就左顾右盼、神色不端，可见是个阳奉阴违、两面三刀之人，断不可重用；右边那位，始终挺拔而立、气宇轩昂、目光凛然、不卑不亢，是一位大将之才，将来成就不在你我之下。

曾国藩所指的那位"大将之才"，便是日后立下赫赫战功官至台湾巡抚的刘铭传。

曾国藩用事实向我们证明：**一个人的品性，可能通过外貌、肢体语言看出端倪。**

04

周国平说：**如果上帝给了你一张漂亮的脸蛋，你要留心，这是对你的灵魂的一个考验。**

如果你的灵魂平庸，这平庸会反映在脸蛋上，把漂亮现形为粗俗。

如果上帝给了你一张丑陋的脸蛋，你要宽心，这是给你的灵魂的一个机会。

如果你的灵魂优秀，这优秀也会反映在脸蛋上，把丑陋修正成独特。

决定一个人相貌的，并不是先天的遗传，而是后天的修行。

一个人走过的路、看过的风景、读过的书和遇过的人，造就了一个人灵魂的样子。

而这内在的灵魂将最终反映在你的相貌上。

简言之，你的脸，就是你灵魂的样子。

所以，看脸识人并不是一种偏执，而是有理论依据的。

有人不小心踩了你一脚，你是横眉冷对，还是和颜悦色，代表着你的修养。

朋友占了你一点儿小便宜，你是怒目而视，还是淡然一笑，代表着你的修养。

父母唠叨你出门要加衣，你是面露愠色，还是温情脉脉，代表着你的修养。

同事与你发生了小争执，你是目光凶狠，还是嘴角含笑，代表着你的修养。

上司批评你做事不认真，你是满腹怨气，还是面露愧色，代表着你的修养。

诸如此类的修养，看脸就可以清楚地知道。

但是，很多深层次的修养，并不是这么简单地流于表面，所以比较难辨别。

所以，有人认为，看脸识人太武断。

人们之所以这样认为，是因为大部分人都不具备曾国藩那样的非凡的识人能力。

有没有修养，看脸就知道。前提是，你必须具备这种非凡的识人能力。

真正的富有，是你脸上的笑容

文 / 鱼儿

01

你有多久没有发自内心地微笑了？

你开着车在路上，想着那个还没有谈下来的项目，眉头紧锁；你坐在办公室里，为着本月要完成的业绩，焦头烂额；你挤在地铁里，想着孩子的英语不好奥数要补，长吁短叹；你奔波在路上，想到噌噌噌往上窜的房价和被套牢的股票，脸上愁云密布。

你常常忧心忡忡。

你笑不出来，你觉得好多压力。你笑不出来，这是个人人焦虑的时代。

成功的觉得还应该更成功；富有的觉得财富还是不够；普通人发愁房价、物价飞涨；上班的焦虑没有加薪升职、身材却越来越胖；妈妈忧虑孩子成绩差、婆媳矛盾大……

似乎人人都在叫苦，人人都在喊累。

02

我们到底要什么？

我们总觉得拥有得太少，我们总觉得成功了就会幸福，我们总觉得富有了就会笑口常开。

于是，我们拼命去求得更多。求得了，我们笑；求而不得，我们就苦恼。

可是，我们是否忘了生活的本质？忘了我们的初心是什么？

生活原本不需要那么多，是我们为它赋予了太多外在附加的条件。

起初：

穿衣本是为了保暖遮体，不是为了风靡万人。

吃饭本是为了充饥果腹，不是为了豪华大餐。

住房本是为了遮风避雨，不是为了攀比享受。

车子本是为了代步便捷，不是为了炫耀比酷。

宋丹丹接受采访的时候曾说：我们原本只想要一个拥抱，不小心多了一个吻，然后你发现需要一张床、一套房、一个证，然后是源源不断的需求，最后才想起你原本只想要一个拥抱。

是的，很多烦恼是我们“求”得太多。

佛曰，人生有八苦：生，老，病，死，爱别离，怨憎会，求不得，五取蕴。

既然人生“本苦”，而人一生又追求离苦得乐，那怎样才能快乐呢？

卡耐基说：**“让你快乐或不快乐的，不是你拥有什么、你是谁、你在哪里或你在做什么，而是你对此怎么想。”**

三毛说：“快乐的泉源来自每个人的内心，如果你心中不快乐，他人是无法使你摆脱困境的。”

.03

快乐是每个人一生追求的目标，人活着就应该尽量快快乐乐，而快乐的生活源于快乐的习惯。

养成这些好习惯，会让我们更快乐一些。

1. 照顾好自己的身体

拥有一个健康的身体是快乐生活的根本。

跑步、游泳、爬山、健身等，锻炼照顾好自己的身体，让自己的身体更健康、更有活力。

2. 感恩你所拥有的

其实，快乐不是拥有得多，而是计较得少。

感恩你所拥有的，你拥有很多美好的东西都是免费的。

感谢抬头就可以看见的蓝天、星星，路旁的一棵小花，拂面的微风；感谢老板为你提供一个工作机会；感谢母亲为你烧的一顿饭；感谢爱人给你有力的肩膀；感谢陌生人一个善意的微笑。

感谢你和你爱的人都还好好地活着。

懂得感恩的人，才会觉得生活处处有快乐。

3. 学会付出

为他人付出是最能确保你快乐的方法之一。

给予身体不方便的人以举手之劳的帮助，为父母炖一碗汤，给孩子全心的陪伴，给同事递上一杯热水，给流浪的小狗一碗饭……

根据哈佛调查，人们为他人付出时，大脑会变得活跃和兴奋。“付出”会让人感觉更快乐。

那些习惯付出的人比漠不关心别人的人更快乐。

4. 对工作保持热情，做自己喜欢的事

工作是我们赖以生存和发展的根基，投入它、热爱它。

生命很短，去做自己喜欢的事。

培养自己的爱好：读书、烹饪、音乐、手工等，做一些让你感兴趣、能让你乐在其中的事情。

5. 交一帮朋友

根据哈佛研究，影响个人幸福最重要的外部因素是人际关系。和乐观、志同道合的人交朋友，他们能带给你正能量，会相互欣赏，让你的生活变得更丰富、快乐，也更有意义。

6. 活在当下

你感到沮丧，是因为你活在过去。你会感到担忧和焦虑，是因为你活在未来。

但是，当你感到满足、开心和平和时，你才是活在当下。不念过往，不惧将来，活在今天就好。

消除烦恼心理，不要杞人忧天，珍惜当前的美好生活，每一天都应该过得有意义。

7. 无条件的爱

学会无条件的爱，快乐地接受每个人的不同，接受这个世界的各种变化。

不为爱设定条件，以开放、宽容、豁达的心去爱你身边的人和事，有爱的人也会被爱包围。

8. 习惯微笑

笑是对抗生气或沮丧最有力的东西。对自己、对生活，都不要过分严肃。试着发现身边的点滴乐趣，适时地幽默一下，让生活充满笑声。

04

网上有一段感言流传甚广，它或许并非真是名人所作，但的确饱含了人生的哲理。感言说：**我们曾如此渴望命运的波澜，到最后才发现，人生最曼妙的风景，竟是内心的淡定与从容；我们曾如此期盼外界的认可，到最后才知道，世界是自己的，与他人毫无关系。**

所以，快乐是一种心境。

让我们懂得关于快乐的真相：

（1）世间没有绝对快乐的人，只有不肯快乐的心。

（2）从生活的点点滴滴中发现快乐，你的生命就会串起一串串快乐。

（3）吃亏是福、吃亏即是占便宜。

（4）培养好你的大气，对无关紧要的事一笑而过。

（5）不要忧愁你所没有的东西，先要以你已有的为乐。

（6）不要习惯放大别人的幸福、放大自己的痛苦。

（7）快乐很简单，只要你拥有一颗孩子一样容易满足的心。

（8）倾听自己的内心，守住自己的初心，回归简单快乐的心境。

而生活就如一面镜子：你对它哭，它也对你哭；你对它微笑，它也对你微笑。

快乐是一天，不快乐也是一天，为什么不天天快乐呢？

愿我们每天都有发自内心的笑容。

真正的富有，是你快乐的心境，是你脸上的笑容。

你的脸就是你生活的层次

文 / 温姬拉

01

39 岁的林海辞去年薪 20 万的教学工作，去应聘兼职模特。

得知这个消息，是和朋友午饭的饭桌上，林海是朋友的朋友。

当时林海在饭桌对面大口喝汤，爽朗说笑，说喜欢《中国有嘻哈》里谁谁谁。

很难想象，那个眉目舒展、皮肤光滑的女人已经 39 岁。

还好，也才 39 岁，别人问我我都不告诉他们，直接说不到 40 岁。

兼职模特当然是个陷阱。

林海说一进门让她交 6000 多元，她就知道是陷阱，但她就想试试，看看是个怎样的陷阱。

朋友直叹："你太大胆了。"

林海总结："男人的叛逆期可能是 16 岁到 20 来岁，但女人的叛逆期可能是 35 岁到 85 岁，我现在处于叛逆期。"

当然，林海辞职不完全是因为叛逆，因为她发现瑜伽训练班在她所住小区市场很大。

她本身就感兴趣而且擅长，索性辞职去跟印度师傅学瑜伽了。

等学成归来，她就准备开班。

那家庭怎么办呢？

林海认为，自己不是那种需要围着老公和孩子转的人。

一双儿女在高中寄宿，周末孩子们回来她才变身全职太太，做饭，检查功课，安排短途出游等。

大多数时间用在上课和整理店面上。老公让她做饭，有空就做一顿，没空就推掉。

“同样工作挣钱和养娃，做饭这种事不要勉强。”林海俏皮地拨了拨耳边的头发。

与见过的许多所谓“中年妇女”不同，林海年轻美丽、咄咄逼人又神采奕奕。

她的生活里没有鸡零狗碎和满腹怨言，大多数是有趣的冒险和新奇体验。

朋友说，林海活得很年轻，看那脸就知道。

当然，谁都可以是“林海”，只要你敢想敢做、有规划，就不会是别人口中廉价的“中年大妈”。

一个人的脸透露着她的生活层次，与年龄无关，与认知和心态有关。

生活是一场永无止境的战斗，你的体内应该自带战场。

美好的生活需要自己去创造，除了一直追求的光滑皮肤，也该有充沛的精力和强大到坚不可摧的内心。

02

下班时分，同事叶子从抽屉里拿出长裙和化妆品，准备去洗手间换妆。

“今晚有约会吗？”同事们调侃。

“没有，就想漂漂亮亮地下班。虽然没有约会，虽然我家住得近，但觉得化好妆、戴好耳环、穿上长裙下班，该是我的样子。”

另一同事调侃：“你那么认真，说不定等红绿灯就遇到一个白马王子。”

“无关，我本来就这样，觉得认真化妆穿戴，漂漂亮亮的，才是真的自己。”

叶子走几步后，回过头调皮一笑：“不受你们影响，我要做真实的自己，哈哈。”

回想起每次和她的见面，都分外赏心悦目。她总化着淡淡的妆，穿着讲究优雅，会主动跟人打招呼，清浅一笑：早上好。

细长眼睛、小巧鼻子、樱桃唇、窄脸，并不算美，但很清秀。

不论当天的工作多繁杂、多糟心，叶子总那么精神清秀。

很多人不理解，一份普通的工作，普通的薪资，值得你去这样打扮和用心？

叶子反驳：我本来就这样，你不觉得，自己好看，心情也会好，做什么事都比较有底气和自信吗？多点仪式感，生活才会变好。

某次典礼演出，叶子跳一段独舞。舞台上，一转身一投足，尽是婀娜和风采。

叶子跳舞的视频发出来，领导笑得合不拢嘴："视频发出来，就有两个客户签单了，用形象打广告更有效果呀。"

那一刻明白，叶子真是生活这个大舞台上的女王。

即使没有那次舞蹈、那些业绩，也不会妨碍她一路以极好看的姿态前行。

她那么认真对待工作，用仪式感的行为去对待生活，就像亦舒笔下的都市女郎，日复一日，坚持着不为外人理解的小事。

在别人看似一成不变的生活里，她慢慢变成更强大的自己。

有人说：**"层次越低的人，越容易放弃自己。他们不成长、不努力、不改变，抱怨和揶揄是他们评判世界的方式。层次越高的人，他们努力改变，坚持一些不被人理解的事，自律和行动是他们拥抱生活的方式。"**

生活层次高低的区分，不是拥有金钱的多少，而是他们的认知方式，他们对待事情的处理方式和对生活的态度。

低层次生活是固化的、空虚的、一成不变的，高层次生活是流动的、新鲜的、永远有期待的。

"在年月日充满变化的瞬间，要丢掉晦暗，怀揣仪式感和期望，去相信事情会越来越好。"叶子说。

那张认真化妆的清秀脸，是叶子对抗庸俗生活的武器，也是她高层次生活的证明。

03

皓面如月、唇红齿白，在掩映的树丛里朝阳光浅笑，这是杂志上的奶茶刘若英。

2016 年至 2017 年，她连续两年，开了 53 场的“刘若英‘Renext 我敢’世界巡回演唱会”。

对她的印象一直停留在《后来》MV 里，那个短发黑衣、削瘦的孤独形象。

或者是《粉红女郎》里，那个大喊大叫要结婚的可爱“结婚狂”。

后来见诸报道的多是她那段无法达成的恋情，便从《很爱很爱你》《为爱痴狂》里听到了她的果敢和孤独。

一直以为她年轻，不知什么时候结了婚，成为孩子的母亲。不知她何时蜕变，笑容多了，感觉更温暖。

去年在微博上看到她的动态时，她还在瘦身和准备演唱会事宜，晚餐是一小碗番石榴和一小碟青菜。

然后，演唱会上，她和周迅、汤唯、桂纶镁合唱的《我要你好好的》在朋友圈疯传。

那个体面又孤独的女人回来了，她依旧面容清秀，只是多了份众人陪伴的热闹。

刘若英再度回到小巨蛋，连办了两场演唱会作为收官。

舞台上身形窈窕，小儿女姿态展露无疑，无法想象她已经 46 岁。

这让我想到王菲演唱会上一张撩发轻笑的照片，它被广大网民热议，尤其是女性。

她们说：“王菲撩头发的动作都是少女心呀。”那时她也已 47 岁。

好看是人生的加分项，而好的生活态度却是人生的得分项。

刘若英和王菲的情感路都很坎坷，庆幸她们没有陷于泥淖。她们坦然接受那不太好的现实，然后去改变，去变得强大。

终于，在人生后半场迎来事业的又一个春天。

刘若英说，除了演唱会和采访，她最开心的角色是做一个母亲。

演唱会如火如荼地举行，中午时分，她偷溜回家，给孩子下个水饺，无比幸福。

此时的她们，早已在家庭、孩子、事业之间游刃有余。

怕什么年近50，只要你愿意、你热爱，你依旧可以年轻而果敢地活着。

04

高层次的生活，不是说你要有多么巨大的财富、多么丰厚的物质，而是你有较高的认知，你在用自己喜欢的方式做真实而体面的自己。

你善良，你真实，你美丽，你发自内心热爱现在的生活，这些都不是用钱能买来的，但一定和独立的经济基础相关；这些与你的年龄无关，但一定和你看过的书、走过的路、见过的人、建立的知识体系、形成的三观有关。

你做一件事，是因为它必要，你热爱。

你拼尽全力去达成目标，获得价值和成就感，不是为了取悦别人，而是为了享受达成自己目标的那种欣喜感。

最怕年岁过去，你却说："遗憾自己仅仅活在自己的躯壳内，而外面却是大千世界。"

更好的自己在朝你奔来，请活出热爱生活的脸。

你越认真生活，人生越容易开挂

文 / 田心

01

我做营销策划时，项目组分来一位实习生小宇。

小宇是一本院校学生，学习成绩优异，表现出很强的沟通协调能力，待人接物也很得体，我们都对这个新人寄予了很高期望。

可是，渐渐地，我们发现小宇有句口头禅：差不多就行了，不要在意这些细节。

于是，在她的工作报告中，常常出现错别字、错误的客户数据、复制粘贴的痕迹、图片的水印等诸如此类“小”错。

当然，这些在甲方领导发现前纠正过来都不要紧。

直到有一天我们要举行一个大型活动，小宇因为工作疏忽，在给资源公司发送短信时遗漏了一句非常重要的活动信息，导致甲方10万块钱瞬间成为泡影。

项目组连带公司领导集体被批，小宇也因为“小错不断，大错也犯”而被调离了项目组，失去了非常难得的学习机会。

职场中，才华和能力固然重要，但认真和靠谱的态度才是让你走得长远的关键，希望小宇已经懂得这个道理。

白岩松说过：“一个人的价值、社会地位，是与他的不可替代

性成正比的。”

其实，职场上，学习理论、钻研技术，对于有大学基础的人来说都算不上是难事，只要你肯下功夫，都能攻下堡垒。

而同样的事情，你可以用最短的时间、最优的质量完成，这才是你的竞争优势。

认真生活的人，往往懂得把小事做细做透，日积月累下来，就会拉开与他人的差距。

02

上高中时，一到广播体操时间，整个操场上都弥漫着慵懒的气息，几乎没人愿意认真去做。

大部分人是“差不多式”前倾和半蹲，只有我的前桌，他的“走心式”九十度鞠躬和完全深蹲格外抢眼，每个动作看起来都像是从标准流程中刻画下来的。

当时，所有人都觉得他特别傻。

于是，做广播体操从一件极其无聊的事变成了观摩“奇葩”表演的趣事。

出于好奇，我问他：“你喜欢做广播体操吗？”

他回答：“不喜欢。”

我诧异，又问道：“不喜欢，你还做得那么卖力，你看别人都是应付了事。”

他说：“花同样的时间，为什么不做得好一点儿，达到锻炼身体的目的？”

我由衷地钦佩。

对自己喜欢的事做到认真，或许很容易，但对于不喜欢的事甚至是分外无聊的事，也能够认真对待，是一种生活能力，更映射出一个人的生活态度。

对于学业，他同样认真。

大学毕业，他被保送到北京大学读研深造，后来到国外参加科研项目交流。

现在，年纪轻轻，就在研究领域有所建树。

在时间的复利下，认真让他取得的成就远远超过了我们这些同龄人。

曾看到一段话：**“只要一直认真下去，不管有多少人曾经嘲笑过你的认真、你的无趣，终有一天，他们会为你的认真而拍手称赞。”**

认真生活的人一定对生活抱有很高的敬意，生活也一定不会辜负他。

你只管认真，终有一天，你的认真会变成他人的望尘莫及。

03

前年，我联系上同在一座城市打拼、时隔十多年未见的小学同学。

聊天得知，大三那年，她母亲已经去世。

我知道她父亲在她很小时就去世了，现在失去双亲，只剩她孤身一人。

我不知如何安慰，她却云淡风轻地对我说：“没事，已经习惯了，我现在能照顾好自己。”

我钦佩她的坚毅和果敢。

饭后，她邀请我到她的小家坐坐。那是她贷款买的一居室，虽然不大，但是装修得特别温馨，收拾得也很干净，在卧室和客厅还摆放着她自己设计的插花作品，还有她参加绘画学习班的手绘作业。

我感慨：幸福属于认真生活的人。纵然生活给了她一手烂牌，但她认真生活、善待自己，分分钟将生活扭转乾坤。

人生不如意常八九，只有无论在高潮或者低落时都能够认真生活、不放弃美好期待的人，才是真正懂得生活的人。

《稻盛和夫的论语》中写道：**“浑浑噩噩的人和认真生活的人，他们的剧本内容千差万别。”**

浑浑噩噩的人往往不清楚自己想要的是什么，或者不敢去争取自己想要的东西，日复一日、年复一年过着差不多的生活，渐渐失去人生的乐趣。

而认真生活的人，越来越清楚自己的目标，无论面对何种境地，都能够让生活变得越发丰富多彩。

认真生活，就是每天保持积极的心态、健康的体格，坚持面带微笑、坚持跑步、坚持学习。

当你开始放缓脚步认真生活时，你会发现，一饭一蔬、一朝一夕的时光如此美好。

04

前段时间，章子怡作为评委在《演员的诞生》节目中怒批郑爽笑场，人们纷纷为章子怡的敬业态度点赞。

在章子怡的观念里，演员在台上表演就要做到足够认真和投入，对观众负责。

而郑爽一直在笑场，这不是对待表演和观众该有的态度。

作者八月长安在《最好的我们》一书中写道："这个世界属于有天赋的人，也属于认真的人，更属于那些在有天赋的领域认真钻研的人。"

深以为然。天赋是我们无法决定的，可认真却是我们可以主动选择的。

那些本身有天赋却还在认真钻研的人，更值得人们的尊敬和钦佩。

《那年花开月正圆》让"娘娘"孙俪又大火了一把。她在微博上晒出"学霸式"剧本，被人们称为自律的楷模。孙俪对工作极其认真、敬业的态度，更是获得同行的一致好评。

一个人成功与否，也要看他的态度和观念是否正确。

认真生活的人，最可怕的地方在于，他们过着比你好千百倍的生活，却还不满意自己的现况，依旧孜孜不倦地认真努力着。

如同孙俪一般，尽管已经是老戏骨，但依然认真对待每一部戏、每一句台词、每一个动作表情，反复打磨，不断超越自我。

现实生活中，优秀的人，不一定都是有天赋的人，也不一定是有强大家庭背景的人，但一定都是认真生活的人。

每一个认真生活的人，都值得被认真对待。

05

知乎上有人提问：为什么现在"认真"变成了一件很见不得人

的事？

其中有个高赞回答。

科温顿关于成就动机的自我价值理论中说：人面对一件具有挑战性的事情，往往有两种动机，一种是追求成功的动机，即追求成功带来的自豪和满足感等积极情绪。一种是避免失败的动机，即避免失败带来的挫败和不如他人等负面情绪。

现实社会中，人们渴望成功，却也害怕失败。大家都太脆弱，经不起失败的打击，所以越来越多的人装作“不认真”的样子，那么一旦失败，大家无法把失败归功于他能力差、智商低，而一旦成功，大家反而觉得他是天才。

这种“隐晦努力”的策略充分保护了“不认真”之人的自我价值感。

由此看来，那些选择“不认真”的人，有时是预先为失败寻找到一个堂而皇之的借口，以此躲避失败带来的挫败感。

可实际上，如果一个人长时间把“不认真”当成思想和行为的指引，就会渐渐丧失生活的动力，从而使生活质量大打折扣，也失去了体验更好生活的机会。

生活不容易，亲情、友情、爱情、事业，没有哪一项是随随便便就可以搞定的。除了生活热情，更需要我们认真对待。

正如著名剧作家廖一梅在图文集《像我这样笨拙地生活》中写道：“保持幽默感，保持尊严，认真对待自己，认真对待他人，对结果不存奢望。”

你可以强大到无畏结果

文 / 筱茧

一位知名的资本老板在作报告时提到：

如今年轻女性的三大刚需是“撩汉、赚钱和变美”，当下很多商业、商机、创业项目都是围绕这些需求展开的，这说明中国女性消费者女性意识觉醒，能赚钱、敢花钱、强调健康美容、愿意投资两性情感……

没错，世界是个巨大的名利场，我想要名和利，也想要爱和你。

女孩们不仅长大了，也成熟了，已经能把被人在背后指指点点“这个小姑娘不就是长得好看，有几个破钱吗”当成一种奢侈的赞美了。

赚钱

赚钱，是女性独立的保障，也是给女人带来最大安全感的方式。

赚钱，可以让女人独立的同时，也有选择权。

那些拼命赚钱的女人，一点儿不俗气，反而看着很高级。

在几年前，有句老话被骂得特别惨，叫“干得好不如嫁得好”。婚姻从社会角度来看，可以算是一种利益交换，但本质和前提应该是为爱而结合，而不是这种掺杂了其他目的的帮扶项目。

在热剧《我的前半生》中，马伊琍饰演的罗子君是个全职太太，因为老公一句“我养你”，放弃了工作，全职在家生娃带孩子。

一开始，什么都很顺遂，她热爱奢侈品，出门买个鞋子就可以不心疼地花掉几万块；饮食讲究，螃蟹一定要阳澄湖野生螃蟹；家务也完全不用操持，保姆全天伺候。

但是，财务的依附让她对这段婚姻“只许成功不可离散”的执念越来越重。她开始怀疑自己丈夫和实习生有染，后来还要到老公办公室查岗，可她最后还是输给了一个平凡无奇、毫无攻击性的女人。

亦舒在书里也写道：“没有任何人会成为，你以为的今生今世的避风港。”

在这段爱情里，罗子君完全靠陈俊生养着，因此，她对这一点非常敏感，并且会不停地怀疑自己的价值，怀疑自己人格的独立性，甚至导致性格都发生变化，有时候一点点小矛盾都会导致擦枪走火，这样的爱情自然不长久。

赚钱到底为了什么?

说白了，就是为了增加选择。经济独立了，你的选择空间就大了，选择空间大了也就意味着你更自由了，更有安全感了。

对于女性尤其如此。

当你不必为了每个月的生活费低头唯唯诺诺、看人脸色，也不用隐忍对方出轨等胡作非为，害怕自己离开谁就活不下去的时候，你就会明白，赚钱有多爽了。

当然，赚钱不仅仅是为了在亲密关系中更加洒脱，赚钱也不为了“有钱”这个结果，而是女性在赚钱过程中，认识自己，成就自己，理解世界，提高格局，创造价值，由内而外地感受到自己的强大和自立。

龙应台写给自己的儿子安德烈这么一段话：“孩子，我要求你读书用功，不是因为我要你跟别人比成绩，而是，我希望你将来会拥有选择的权利，选择有意义、有时间的工作，而不是被迫谋生。”

赚钱也是一样。

对任何人来说，**经济独立是一个人真正实现“自立”的重要部分，它并不代表可以不用上班的财务自由，而是意味着在这个世界上，你能够掌握和主宰自己的命运，不必被迫谋生。**

还有句话讲得特别好：**“也许一生未至巨富，但永不会因无钱而低就，因无钱而委屈，因无钱而失爱，因无钱而受害，因无钱而送命，因无钱而悔恨。”**

想摆脱物质的束缚，唯一的方法就是物质富足。在赚钱的过程中，你可以看到丰富多彩的可能性，看到除了钱以外的更多东西。姑娘，这就是努力赚钱的最佳理由。

变美

变美，是女人竞争的一种手段。女性都想既有钱花，又貌美如花。好看，就算在医学美容如此发达的时代，依旧是一种稀缺资源。

曾在网上看到一张有意思的图。

配文是“We are not ugly, we were just poor.”（我们不是丑，我们只是穷。）

看完笑完之后，不由想起小S那句“只有懒女人，没有丑女人”。

变美，与其说与贫富有关，不如说这是个自律的选择。

好看的人，都自带自律属性。

这很不容易。有些人你会发现和她越相处越觉得有魅力，这种魅力是恒久的，经得起推敲的，而要获得这种美是要付出一定代价的，那就是要战胜庸常和琐碎，持续自律。

像不久前刚收获爱情的卢靖姗，每天都要抽时间运动，不管是户外跑步还是室内简单的锻炼，再忙都会抽出时间来做，并且还坚持素食多年。

作家严歌苓信奉“形象是女人的纪律”，她每隔一天就要游泳1000 米，每天的作息都很规律，曾在餐厅等待迟到的友人时趴在包间的地上做平板支撑。

美国总统女儿伊万卡·特朗普一直过着全日制的自律生活。她坚持六点起来跑步，怀孕期间照样锻炼，还参加半程马拉松。

现在社会，即便对于男性，外貌的考核标准也在日益提高。对于女性，美丽更是逐渐成为一个人人可以发力的领域。也正因为如此，你不够努力，不对外貌进行自律，不变美，就会变成扣分项。

所以才有那么多人，因为不够注重外表，整天油着头而失去升迁机会。或者因为一个临时起意的商务约会，没来得及穿对衣服而葬送最佳业绩。

在这些场合，明明存在很多种方式、很多个维度可以提升自己的外观，你竟然不去争取、不去坚持，这难道不过分吗？

当然，这种争取应当是恰当的。保持起码的得体、整洁、健康的美，不用极致的自律，够用就好。

而且，这些坚持背后所有的附加值都将归属自己，它可以让你在繁忙的工作中求得一隅来宣泄；在面对既不成全你也不放过你的渣男时，能放手有力。

就算真不想别的，就只为了自己，这难道不应该吗？

这个世界既然值得留恋，自己就要变得更好更美。

撩汉

撩汉，是女性觉醒的开始，也是女性的认知升级。谁说只有男追女才天经地义，遇到自己喜欢的，该出手“撩”时千万别客气。

坊间传言，撩汉的最高境界就是：“当你朝他迈出第 1 步，那么剩下的 99 步他就会朝你飞奔过来，你站在那儿微微一笑，他就觉得好似等了你一万年。”

话说回来，敢“撩”，这段位本身就很高了。

这样的女生足以在独处时心安理得不为催婚所烦恼，想脱单了又足够自信，能主动出击奔向中意的人。结果不重要，重要的是她们更懂得自己的内心感受，知道自己要什么，才敢迈出第一步行使主动权。

朋友的朋友艾米，父母每个月给她安排 10 人以上的相亲，弄得她精疲力尽，但父母手边还有无数资源源源不断输送而来。

忍了两个月后，艾米终于决定和父母反抗了，异常坚决地表示 30 岁之前绝对不谈恋爱。

但几天后，当艾米和朋友照常出去吃饭时，忽然收到一个陌生号码的短信：“你好，我叫 XXX，在某某部门工作，希望能了解做个朋友。”

原来，是同公司的一位同事。

以她的经验及对父母的了解，立刻意识到这是众多相亲短信中非常不起眼、相当没有技术含量而且不带任何诚意的一条。

直到第二天闲得非常无聊才又想起这条短信，于是，艾米礼貌性地且更加没有诚意地回复了一个“哦”。

但她同时又忍不住好奇，在公司内网搜索了这位同事。鼠标一点，竟然出来一个她在这个公司待了3年见过最帅的人，26年的陈酿少女心就此沦陷，当即就默默酝酿该如何撩他。

终于，在做了一个月的朋友圈点赞好友后，艾米主动邀请他出来，本人竟比照片还帅。晚饭时，艾米开始强撩，问男生：“你对我有兴趣吗？有的话我们就去溜达溜达，没有的话我就不浪费时间了。”

溜达溜达？

男生明显被吓到了，愣了一下后，明确表态自己才刚结束一段感情，暂时不考虑再开始另一段，今天见面就是为了说这事。

但艾米没有打退堂鼓。自此之后，她就改变了他们聊天的画风，天天问男生能不能出去溜达，不能第二天继续问。就这样，她做了一个月的失恋心理导师，陪吃陪喝陪溜达，言传身教，猛灌鸡汤，带男生散心。

你问然后呢？

男生觉得艾米很不错，一般女生听到那晚拒绝的话都会不了了之，艾米是第一个来开解他的人，简直太讨喜了。于是就选择在一起了，去年九月订婚了。

我为艾米最终抱得帅男归感到高兴。

很多人都会说，女追男隔层纱。

女追男成功率高，其实是一种错觉。它其实源于同年龄段女孩子多比男生在爱情观方面来得更成熟，她们懂得自己真正的感受和需求，选择也会更加慎重。

敢“撩”的背后，是懂自己，够自信，在感情中懂得“平权”，摆脱了传统男女关系的认知，不用每次都把主动拱手相让于人，否则女追男也隔座山。

最后，回到开头，再套用那位老板演讲里的一段话：**现代女性有很多选择，其实职业选择与性别无关，到最后，评价标准只有一套。一旦做出选择，需要勇于承担选择带来的后果。但无论如何，我们要重视自己的内心需求，因为只有自己快乐了，我们身边的人才会快乐。**